KB164661

프리랜서의 자부심

프리랜서의 자부심

김세희 소설

1

서른세살이 되던 여름, 나는 정민과 결혼했다. 우리는 20대 중반부터 함께했으니 8년 만에 결혼식을 올린 셈이다. 아마도 내가 회사를 그만두지 않았다면 결혼 이야기는 더 빨리 나왔을 것이다. 하지만 정민이 오랫동안 준비하던 시험에 합격하고 얼마 지나지 않아 나는 건강상의 이유로 회사를 나오게 되었고, 한동안 가혹하다고 할 만한 시간을 보냈다.

생각지 못한 시련이었지만 적어도 정민과 나의 관계라는 면에서 보면 그 시간은 나쁘지만은 않았다. 컴컴한 터널을 지나는 동안 그는 묵묵히 곁에 있어주었고 나는 그런 그에게 감사했다.

그러나 그가 커다란 꽃다발을 들고 나타났던 11월의 어느 날, 마냥 기쁘지만은 않았던 것이 기억난다. 여의도의 야경이 내려다보이는 식당에서 그는 내게 프러포즈를 했다. 나는 속마음을 내색하지 않으려고, 최대한 기쁜 모습을 보이려고 애를 썼다. 하지만 솔직히 말해 미루고만 싶었던 숙제를 결국 마주한 기분이었다.

본격적인 결혼 준비로 바빠지기 전, 나는 혼자서 일본으로 짧은 여행을 다녀왔다. 도쿄에서 하룻밤을 묵고 아침 일찍 신주쿠 역에서 열차를 타고 하코네로 건너간 다음 그곳에 머무는 일정이었다. 그 일정은 다소 무리한 타협이라고 할 만했다. 고즈넉한 하코네에서 여유 있는 시간을 보내고 싶으면서도 휘황찬란한 도쿄의 야경을 포기하기엔 아쉬웠던 것이다.

혼자 비행기를 탄 것은 몇년 만이었다. 이륙을 준비하는 동안 나는 안주머니에 비상약이 든 가방을 끌어안고 있었다. 마침내 출발한다는 방송이 흘러나왔을 때는 상당히 긴장이 되어 입안이 바싹 마를 지경이었다. 그러나 비행기가 공중으로 떠오르고 조금 시간이 지난 뒤 문득 마음이 차분해지면서 어떤 확신이 나를 찾아왔다. 나는 알 수 있었다. 괜찮으리라는 걸, 이 안에서 갑자기 공포에 휩싸여 불안정한 상태가 되는 일은 없으리라는 걸 말이다.

여행 내내 날씨는 습하고 냉랭했다. 하코네마치에 도착한 두번째 날 오후에는 비가 내렸다. 나는 작은 상점에 들어가 구경하다가 마음에 드는 물건을 발견했다. 손바닥만 한 크기의 상자로, 뚜껑을 열면 결혼식을 올리는 고양이 두마리가 빙글빙글 돌아가는 정교한 목제 오르골이었다. 쌀알만 한 스티커에 적힌 가격을 보고 나는 마음을 돌려 가게를 나왔다. 그러나 골목을 빠져나올 때까지도 미련이 남았다. 그사이 비는 더 많이 내리고 있었다. 망설이던 나는 결국 비를 뚫고 왔던 길을 되돌아갔다. 그 자그마한 목제 오르골이 내가 사흘간 구입한 유일한 기념품이었다. 돌아오는 비행기 안에서 문득 이런 생각이 들었다. 어쩌면 이 여행의 목적은 다녀오는 것 그 자체였는지도 모른다고.

늦은 오후, 인천공항에 도착했다. 공항 건물의 통유리 벽으로 석양이 쏟아져 들어왔다. 나는 그곳 의자에 걸터앉아 엄마에게 전화를 걸었다. 신호가 가는 소리를 들으며 고개를 젖혀 통유리 너머로 바깥을 내다보았다.

"여보세요."

수화기 너머 엄마의 목소리가 어쩐지 이상했다.

나는 여행을 가면 어디서든 엄마에게 전화를 했다. 서른이 넘어도 마찬가지였다. 걱정한다는 걸 알기 때문이었다. 스무살에 서울로 온 이후 내내 혼자 살았고 부모님은 내 출발과 도착을 볼 수도 함께할 수도 없었지만 그래도 꼬박꼬박 안부를 전했다. 하지만 이번에는 출발하면서 비행기를 탈 때 말고는 더 연락을 하지 않았다. 가까운 곳이니 괜찮겠지, 하고 넘겼다. 설마 내가 전화를 하지 않아서인가?

"엄마, 왜 그래? 걱정했어?"

"그럼 걱정했지!"

혹시나 했는데, 아니나 다를까 그것 때문이었다. 엄마

목소리에서 2박 3일간 쌓였을 감정이 느껴졌다. 엄청난 안도에 나를 향한 책망이 섞여 있었다. 거기까지는 내가 잘 아는 마음이었다. 그런데 갑자기 엄마가 이상한 말을 했다.

"됐다. 난 이제 다 내려놓으련다."

이건 또 무슨 소리일까.

"너 결혼한다고 하니까 이제 아무 기대도 안 해야겠다. 돈 많이 벌어서 엄마랑 여기저기 여행 다니고 뉴욕도 가고 그럴 줄 알았더니."

엄마는 화를 내고 있었다.

어안이 벙벙했다. 무슨 말인지 얼핏 이해가 되지 않았다. 왜 지금 화를 내는 걸까? 여행을 마무리하고 지친 몸으로 공항에 도착한 참에 갑작스럽게 마주한 엄마의 핀잔과 푸념이 생뚱맞게 느껴졌다.

"엄마, 결혼하면 같이 여행 못 가? 내가 이민 가는 것도 아니잖아?"

웃으면서 말했지만 슬슬 짜증이 났다.

"엄마, 나 공항이야. 나중에 통화해."

전화를 끊고 그사이 어두워진 바깥을 내다봤다. 비행기 한대가 새처럼 정지해 있었고 그 주변을 조명이 밝히고 있었다. 잠시 동안 나는 넓은 부지로 차량이 오가는 모습을 지켜보다가 한숨을 쉬며 자리에서 일어섰다.

엄마가 그런 기대를 하고 있었구나. 내색을 한 적이 없었는데.

공항을 빠져나오면서 조금 전 엄마가 한 말을 떠올려보았다.

엄마는 뭔가를 요구하고 주장하는 사람이 아니었다. 그래서 몰랐는데, 짐작조차 못했는데, 실은 그동안 내내 그런 기대를 품고 있었던 걸까. 엄마가 말한 곳이 다른 곳도 아닌 '뉴욕'이었기 때문에 마음이 더욱 복잡했다. 뉴욕은 내가 대학 시절 교환학생으로 잠시 머물렀던 도시였다. 그때 나는 집으로 엽서를 보냈었다. 갑자기 그 엽서의 두꺼운 질감이 떠올랐다. 거기에 썼던 말도 기억이 났다. 이 도시에서 살고 있다는 게 기적 같다고, 나중에 꼭 엄마 아빠에게도 타임스스퀘어와 자유의 여신상을 구경시켜주겠다고 썼다.

우리 집 형편으로는 내가 서울에서 대학에 다니는 비용을 감당하기에도 빠듯했기 때문에 나는 대학 시절 해외에 나가려고 생각해본 적이 없었다. 그러나 언론사 공채를 준비하려면 아무래도 외국 체류 경험이 필요하다는 걸 깨닫고 뒤늦게 교환학생 프로그램에 지원했다. 떠날 때 내 마음은 편치 않았다. 생각보다도 더 많은 비용이 들었기 때문이다. 하지만 엄마는 괜찮다고, 즐겁게 다녀오라고 나를 격려해줬다. 실제로 그곳에서 보낸 한 학기는 비현실적일 만큼 다채로운 색채로 가득했다. 그 엽서를 쓸 때 내 마음은 진심이었다. 하지만 돌아온 뒤로 그 마음은 자연스레 희미해졌고, 엄마 역시 한번도 그 엽서를 언급한 적이 없었다. 그런데 갑자기 뉴욕이라는 단어가 나온 것이다.

엄마는 그걸 약속이라고 여겼던 걸까. 설마 내가 지금껏 했던 작은 약속들을 하나하나 기억하고 있는 건 아니겠지.

엄마가 품고 있을, 입 밖에 내지 않은 기대들에 생각이 미치자 마음이 무거워졌다. 이상한 일이지만 한편으로는 화가 났다. 왜 나한테 그런 걸 기대해? 왜 함부로 기대하고 실망하는 거냐고. 인생의 다음 단계로 뛰어들기 전 나름대로 마음의 준비를 하기 위해 여행까지 다녀왔는데, 엄마에게 뒤통수를 맞은 기분이었다.

단지 까마득한 대학 시절의 약속을 들먹였기 때문만은 아니었다. 엄마의 말에서, 나는 내 결혼에 엄마가 복잡한 심경을 품고 있다는 걸 느꼈다. 그것도 내겐 놀라운 일이었다. 엄마는 늘 정민을 좋아했고 내게 과분한 상대라고 여겼다. 정민은 안정적인 직장에 속해 있고 나는 그렇지 않다는 것이 가장 큰 이유였지만 말이다. 내 부모님은 '프리랜서'라는 단어를 좀처럼 입에 붙이지 못했다. 사람들 앞에서 내 자식은 프리랜서라고 말해야 할 때면 마치 내 자식은 불효자거나 심지어 전과자라고 말하는 것처럼 부끄러워했다.

2

여행을 다녀온 뒤로는 바쁜 날들이 이어졌다. 나는 자잘한 일 몇가지를 마무리하고, 새로운 일감을 적극적으로 알아보았다. 결혼 비용 마련이라는 과제가 던져지자 평소라면 단칼에 거절할 법한 일도 다시 한번 생각해보게 되었다. 그중 하나가 예전 회사 선배인 경주 선배가 소개해준 희성교육대학교 일이었다.

하얀씨, 안녕. 오랜만에 연락하네. 다름이 아니라, 일 하나 맡을 여유 있어? 희성교육대학에서 대학신문 창간 기념 전시회를 하는데, 전시 내용을 맡아서 정리해줄 사람을 구한다고. 담당 교수가 아는 분이라 나한테 물어본 건데 하얀씨가 딱일 것 같아서. 마감은 3월 말이고 페이는 250이라고 함. 관심 있으면 나머지는 전화로 설명할게.

처음 메시지를 받았을 때 나는 얼굴을 찡그렸다. 지방에 위치한 대학이라 몇차례 먼 길을 오가야 하리라는 점도 부담스러웠지만, 그보다도 교수들과 일해야 한다는 점이 꺼림칙했다. 머릿속에 안경 낀 늙수그레한 얼굴들이 그려졌다. 나를 앉혀놓고 한시간이고 두시간이고 맥락 없는 말을 늘어놓을지도 모른다. 골치 아픈 일을 애매한 말투로 떠맡기려 할 수도 있고, 결과물에 대해서는 영원히 만족하지 않겠지.

게다가 메시지를 여러번 읽어도 잡히는 게 없었다. 교육대학. 대학신문 창간 기념 전시회. 알쏭달쏭한 조합이었다.

하지만 결국 나는 그 일을 맡기로 했다. 기간에 비해 상당히 후한 조건이었고, 말했다시피 결혼 비용 마련이 시급했기 때문이다.

첫 미팅은 1월 두번째 주였다. 화요일 오전, 나는 따뜻한 히터 바람이 나오는 KTX 객실에 앉아 있었다. 열차가 출발하기를 기다리며 오늘 미팅에서 나올 법한 이야기와 업무 범위를 떠올려보았다.

경주 선배와 통화를 하며 파악한 바로는 과거의 대학신문들을 활용해 전시회를 꾸릴 예정이라고 했다. '전시 내용을 정리한다'는 게 정확히 무슨 작업을 뜻하는지는 여전히 모르는 상태였다. 선배는 미팅을 해본 다음 일을 맡을지 말지 결정하는 게 어떻겠느냐고 말했고, 나는 그에 동의했다.

최근에는 이런 식으로 일을 맡지 않았다. 나는 프리랜서 기자 겸 작가로서 클라이언트가 의뢰하는 온갖 종류의 글을 썼다. 대체로 기관이나 업체에서 발행하는 잡지나 온라인 뉴스레터의 한 부분을 채우는 글들이었다. 짤막한 인터뷰가 많았고 지역의 명소에 다녀와 그곳을 소개하는 글을 쓰기도 했다. 주어진 자료를 정리해 SNS 콘텐츠를 만드는 일도 했다. 세상에는 여전히 활자로 전달되는 정보들이 무궁무진했고 그런 정보를 생산할 사람을 필요로 하는 곳도 많았다. 내게는 다행스러운 일이었다.

내가 만난 클라이언트 쪽 실무자들은 대체로 유능하고 세심했다. 그들은 나와 소통하며 작업 스케줄과 업무 내용을 조정했다. 인터뷰 자리에 실무자가 동행하는 경우도 가끔 있었지만, 실제로 얼굴을 볼 일은 거의 없다시피 했다. 구직사이트에서 일감을 확인하고 지원하는 절차부터 계약 체결과 이후 일의 진행까지, 모든 단계의 소통은 이 메일을 통해 이뤄졌기 때문이다.

그런데 오늘은 한 사람의 프리랜서로서 직접 클라이언트를 만나러 가고 있다. 직거래를 하러 길을 떠나는 농부가 된 기분이었다. 손수 재배한 농작물을 트럭에 싣고 시장으로 향하는 농부. 다른 점이라면 농작물과 달리 평판과 능력은 눈에 보이지 않는다는 것일까. 오늘은 업무 범위부터 방식까지, 구두로 의뢰인을 상대하고 흥정까지 마쳐야 했다.

*

　나는 역 앞 정류장에서 희성교육대학으로 가는 연두색 버스를 기다렸다. 몇개의 정류장을 지나 '교대 앞'에서 내린 다음 긴 횡단보도를 건넜다. 방학 중이었지만 보도에는 대학생으로 보이는 이들이 혼자서 또는 같이 어울려서 걸음을 옮기고 있었다.

　학생들을 따라 걷다보니 어느덧 정문에 이르렀다. 나는 문 앞에서 고개를 갸웃했다. 철문이 양쪽으로 활짝 열려 고정되어 있었는데, 문의 규모가 대학이라기보다 초등학교나 중학교에 어울릴 법했기 때문이다. 이곳이 정문이 맞나? 혹시 후문은 아닐까? 그렇게 생각하며 나는 지그재그 모양의 벽돌이 빈틈없이 깔린, 완만한 경사를 이루는 보도를 걸어 올라갔다.

　5분쯤 걸어 올라가니 멀찌감치 운동장이 보였다. 조금 떨어진 왼편에는 고풍스러운 느낌을 풍기는 붉은 벽돌 건물이 있었는데, 특이하게도 건물 한가운데 아치형 통로가 있었다. 길쭉한 새장 같은 모양으로, 자동차도 지나갈 수 있는 너비지만 사람만 통행할 수 있는 듯했다. 멀리서 보니 새장으로 사람들이 드나드는 모습이 마치 예술작품처럼 아름답게 보였다.

나는 그 안으로 걸음을 옮겼다. 안쪽 벽에는 커다란 알림판이 있었고 주변에 갖가지 포스터와 인쇄물이 덕지덕지 붙어 있었다. 그곳을 통과하니 작은 광장처럼 트인 공간이 나왔다.

시간을 확인했다. 거기서 전화를 걸게 되어 있었지만 약속한 시간까지 아직 여유가 있었다. 나는 다시 새장 모양의 통로를 지났다. 통로가 끝나는 지점에서 잠시 머뭇거리다 함성이 들려오는 운동장 쪽으로 걸음을 내디뎠다. 사람들이 오가는 길에 비해 운동장은 쑥 꺼진 바닥에 있어서 아주 가까이 다가가야만 바닥 전체를 시야에 넣을 수 있었다. 운동장에서는 축구경기가 한창이었다. 빨간색과 노란색 반바지 유니폼을 입은 남학생들이 경기 중이었고 한쪽에 응원하는 학생들도 보였다.

대학의 운동장이란 비슷비슷한 것일까. 내가 다닌 대학의 운동장도 이렇게 움푹 꺼진 지형이었다. 거기 서 있으니 대학 시절이 떠올랐다. 골목마다 가득 들어차 있던 식당 중 한곳에서 저녁을 먹은 뒤 종종 운동장으로 향하곤 했다. 기숙사에 살았기 때문에 언제든 마음만 먹으면 갈 수 있었지만 저녁식사를 마치고 갈 때가 많았다. 해가 질 무렵이면 어두워지는 하늘을 배경으로 커다란 조명이 켜졌고, 인근에 사는 주민들이 운동을 하러 나왔다. 개를 데리고 나와서 함께 달리는 사람들도 있었다. 나는 그 사이에 끼어 걷기도 하고 뛰기도 했다. 언제나 뭔가를 꿈꾸고, 노력하고 있었다. 미래를 향한 공상이 머릿속에 가득했다.

운동장에 있는 학생들을 내려다보고 있으니, 그때의 내 모습이 떠올랐다. 10년이 흘렀을 뿐인데 그때의 나는 나라기보다는 한때 내가 알던 사람인 것처럼 느껴졌다.

나는 공을 쫓아 뭉쳤다 흩어지는 학생들을 바라보며 이들도 10년 뒤 자신이 어떤 모습일지 상상할 수 없을 거라는 생각을 했다. 아마 대부분은 초등학교 교사가 될 터였다. 그런 점에서 교육대학 학생들의 미래는 비교적 예측이 가능했다. 하지만 어떤 사람으로 교단에 서고 있을지는 알 수 없을 것이다. 교단에 서는 걸 좋아하는 사람일지 싫어하는 사람일지 알 수 없다. 지금으로서는 상상할 수 없는 정체성을 갖고 있을지도 모른다.

나는 상당히 긴 시간 동안 나 자신을 '중앙일간지 기자'로 여기며 살았다. 그러다 어느 순간 '공황장애 환자'라는 정체성이 나의 다른 정체성들을 압도했다. 지금은 예전만큼 일상의 모든 순간에서 공황장애를 의식하지는 않는다. 비행기도 혼자 탈 수 있을 정도니까. 그렇다면 요즘 나의 정체성은 뭘까. 공황장애가 있는 프리랜서일까. 좀더 정확하게 말하면 공황장애가 있는, 결혼을 앞둔 프리랜서일 것이다.

앞으로는 어떨까. 나와 정민은 결혼식을 올린 뒤 바로 아이를 가질 생각이었다. 그러면 '임신부'가 될 것이고, 다음엔 '아기 엄마'가 되리라는 생각이 머릿속을 스쳤다. 대학 시절 저녁 공기를 마시며 운동장을 걸을 때는 조금도 생각지 않던 일이었다. 사실 몇년 전까지만 해도 내가 그걸 원하는 줄도 몰랐다.

*

상념에 젖어 있던 나는 발길을 돌려 다시 새장 모양의 통로를 지났다. 경주 선배에게 받은 번호로 전화를 걸었다. 곧바로 한 남자가 전화를 받았다.

"아케이드로 들어오셨어요?"

차분하고 군더더기 없는 목소리와 말투였다. 40대쯤일 듯했다. 저 새장을 아케이드라고 부르는 모양이군, 하고 나는 생각했다.

"연못 앞에 흉상이 있죠? 그 앞에 잠깐 계시면 제가 지금 나가겠습니다."

나는 휴대전화를 주머니에 넣고 차가운 공기를 가르며 멀리 은빛으로 반짝거리는 형상을 향해 걸어갔다. 이제 일이 시작된다. 나는 큼큼 헛기침을 했다. 그들이 하는 말을 빠르게 이해하고, 원하는 게 무엇인지 핵심을 파악해야 할 터였다. 무리한 일을 떠맡지 않는 게 가장 중요했다. 애매한 부분이 없도록 분명하게 조정해야 한다.

만만하게 보이면 안 돼. 나는 동료에게 말하듯 나 자신에게 단단히 일렀다.

이윽고 흉상 앞에 이르렀다. 표면이 번뜩이는 재질의 주물로 만든 흉상으로, 양쪽 팔은 없고 어깨에서 가슴팍까지만 사각기둥에 놓여 있었다. 안경 낀 자그마한 얼굴의 이름은 오은석이었다. 나는 돌판에 쓰인 글귀를 읽었다.

1989년 3월, 희성교대 총학생회는 학장 퇴진, 학생회칙 개정, 기성회비 사용내역 공개 등을 요구하며 학내 민주화 투쟁을 전개했다. 그러나 학교 당국의 반복적인 합의 파기를 거치며 투쟁이 답보상태에 이르자 이를 안타깝게 여긴 열사는 "교대인이여! 백두에서 한라까지, 모든 백성이여, 역사 앞에 부끄럽지 않은 인간이 되자!"라고 쓴 유서를 남기고 3월 28일 오후 5시경, 학생회관 옥상에서 분신했다.

새겨진 글씨를 읽고 있을 때 저만치서 키 큰 남자가 빠른 걸음으로 다가왔다.

"안녕하세요."

몸에 꼭 맞는 정장을 입은 남자가 허리를 숙여 인사했다.

"허재원이라고 합니다. 처음 뵙겠습니다."

그가 깍듯한 태도로 명함을 건넸다.

'희성대학신문 편집주간 교수'

한자가 가득한 명함이었다.

"찾기 어렵지는 않으셨어요? 정문으로 들어오셨죠?"

교수가 물었다. 큰 키와 날렵한 정장 때문에 첫인상은 다소 위압감을 주었지만 가까이서 보니 말투와 표정이 부드럽고 편안한 느낌을 주어 조금 긴장이 풀렸다. 안경알 너머 그의 두 눈이 심하게 충혈된 걸 보고 나는 좀 놀랐다.

"네, 저쪽으로 나왔더니 바로 흉상이 보여서 잘 찾았습니다."

나는 아케이드를 가리키며 말했다. 나의 시선은 다시 흉상으로 향했다.

"희성교대에서도 학원민주화운동이 치열했군요. 분신까지 할 정도로 대립이 격렬했나봐요."

내가 말했다. 흉상은 한낮의 햇살을 받아 이마와 한쪽 어깨가 유독 번뜩이고 있었다.

"네."

그는 대답하고 잠시 쭈뼛거렸다. 만나자마자 이런 깊은 이야기로 들어가는 게 적절한지 망설이는 것 같았다. 이윽고 그가 입을 열었다.

"양범일 학장이라고, 지금의 총장 격인데, 희성교대에 악명 높은 학장이 있었는데요. 전두환 시기에 부임해서 6월 민주항쟁 때 물러났어요. 그런데 노태우 정권에서 다시 학장으로 부임했지요. 민주화운동 시기 저희 학교에서 목숨을 끊은 학생이 두분 있는데, 둘 다 양범일 학장 시절이었죠. 이따 얘기하겠지만 전시회 작업에도 이런 내용이 포함될 것 같아 말씀드렸습니다."

"이렇게 무거운 내용일 줄은 몰랐는데요."

나는 흠칫 놀라는 시늉을 했다.

"아, 그런 건 아닙니다."

가볍게 던진 말이었는데 교수는 당황하는 기색이었다. 잠시 어색한 침묵이 흘렀다.

내가 먼저 입을 열었다.

"전시 내용을 정리할 사람을 찾는다고 듣긴 했는데, 정확히 어떤 일인지 모르겠더라고요."

그가 고개를 끄덕였다. 그럴 만하다는 표정이었다. 잠시 눈길이 마주쳤고, 나는 다시 한번 그의 충혈된 두 눈을 확인할 수 있었다. 시선을 비낀 채 그가 말했다.

"저희가 학교 조직이다보니 거쳐야 하는 루트가 좀 있어요. 이 일을 총괄하는 분이 교무처장님이신데, 지금 처장님 방으로 가서 이야기 나누면 좋을 것 같습니다. 제가 이 시간에 가겠다고 말씀드려놨거든요."

그를 따라 5분쯤 걸으니 구청처럼 생긴 건물이 나타났다. 우리는 로비를 거쳐 엘리베이터 앞에 이르렀다. 엘리베이터를 타고 올라가는 동안 그와 나는 대학 직원처럼 보이는 사람들 사이에 섞여 잠자코 정면을 바라봤다.

까만 정장과 충혈된 눈. 몇년간 햇볕이라고는 쬐어본 적 없는 듯 새하얀 피부. 그는 어쩐지 과로한 변호사처럼 보이기도 했다. 그래, 대학에 워낙 일이 많지. 나는 엘리베이터 위쪽 지시등에 시선을 고정한 채 생각했다. 이렇게 젊은 교수라면 일이 더 많을 거라는 생각이 들었다. 예전에 취재원으로 알고 지냈던 젊은 교수가 떠올랐다. 예의 바르고 호감이 가는 인물이었는데, 그가 대관절 어떻게 총명함을 유지한 채 그 모든 스케줄을 하루하루 소화하며 살아 있는지 놀라울 지경이었다. 어느 주말, 한번은 그가 전화를 받더니 "기자님, 잠시만요"라고 소곤거린 다음 한동안 말을 하지 않았다. 멀리서 들려오는 듯한 사람들의 말소리가 수화기로 흘러들었고 옷깃이 스치는 듯한 소리도 났다. 그는 한 손에 전화기를 든 채 어디에선가 빠져나오고 있는 듯했다. 이윽고 완전히 빠져나왔는지 그가 참았던 숨을 내쉬면서 "죄송합니다" 하고 말했다. "교수님, 오랜만에 영화 감상하시는 시간을 제가 방해했나보네요" 하고 말하자 그는 무슨 소리인지 모르겠다는 듯 아무런 말이 없었다. 몇초 뒤 그가 웃음을 터뜨렸다. "제가 극장에 있는 줄 아셨군요. 아니에요. 학회에 참석해서 발표를 듣고 있었어요. 토론자라서 금방 들어가봐야 해요."

엘리베이터에서 내려, 조용하고 어두운 복도를 지났다. 어느 문 앞에서 교수가 멈춰 서더니 노크를 했다. 안에서 "네" 소리가 들렸다. 힘이 느껴지는, 중년 여성의 음성이었다.

방 안은 햇살이 가득했다. 빛이 쏟아져 들어오는 창가에 화분들이 나란히 놓여 있었다. 교무처장은 당당한 몸집에 머리를 단정히 쪽 찐 여성이었다. 그녀는 화분에 물을 주다가 우리가 들어오는 모습을 보고 활짝 웃음 지었다. 그러고는 바삐 움직여 물뿌리개를 세면대 옆에 내려놓은 다음 봉에 걸린 수건에 두 손을 문질렀다.

교수와 나는 기다란 회의용 테이블 한쪽에 마주 보고 앉았다.

"커피, 드시겠어요?"

교무처장이 웃는 얼굴로 물었다.

"저는 괜찮습니다."

나는 그렇게 대답하며 가방에서 텀블러를 꺼냈다. 텀블러 안에는 미지근한 물이 들어 있었다. 카페인이 든 음료를 마신다고 해서 곧바로 심장이 뛰거나 기분이 나빠지는 건 아니었지만 그래도 커피는 하루에 한번, 아침에만 마셨다. 그런 이유가 아니더라도 프리랜서로 일하면서 뭔가를 요구하지 않는 습관이 몸에 배기도 했다.

그런데 분위기가 이상했다. 내가 커피를 사양하는 순

간, 교무처장의 얼굴이 확 어두워진 것이다. 그녀는 할 말을 잃어버린 것처럼 보였다. 나는 맞은편에 앉은 교수를 흘깃 쳐다봤다. 교수 역시 당황한 기색이었다.

"커피 안 드십니까?"

교수가 난처한 미소를 지으며 물었다.

"손님들에게 커피 대접하는 게 낙이신 분이어서요."

특별한 원두가 도착해서 막 갈아두었다고, 교무처장이 표정을 수습하지 못한 채 말했다. 전시를 도와줄 작가님이 온다고 해서 맛있는 원두를 주문했다는 것이었다.

"아, 그럼 주세요."

나는 불편한 분위기를 이기지 못하고 재빨리 대답했다. 이곳에 온 이후로 어쩐지 의사소통이 원활하지 않는다는 기분이 들었다. 몇년간 일하며 나름대로 갖게 된 행동방침이 여기서는 잘 맞지 않는 느낌이었다. 알겠습니다, 작가님은 안 드신다네요,라는 대답이 나와야 할 곳에서 전혀 다른 반응이 나온다. 사람들이 당황하고, 덩달아 나도 당황하고 있었다.

교무처장은 그래도 머뭇거렸다.

"혹시 카페인 민감 체질이셔요? 한잔 마시면 잠을 못 잔다거나. 그러면 아무리 안타까워도 드시면 안 되고요."

"아니에요, 주세요! 번거로우실까봐 거절한 거예요."

에라 모르겠다, 하는 심정으로 나는 그렇게 말했다. 교무처장은 안정을 되찾은 듯 주전자에 물을 채웠다. 나는 잠시 숨을 고를 시간이 주어진 것이 다행스러웠다.

이윽고 교무처장은 커피 잔을 쟁반에 받쳐 테이블로 가져왔다. 커피는 고소하고 맛있었다. 커피 맛에 대한 칭찬이 한차례 이어진 후 드디어 일 이야기로 들어갔다.

교수가 설명을 이끌어나갔다. 나는 정신을 바짝 차리고 교수의 말에 집중했다. 맛있는 커피를 얻어마셨다고 일을 잔뜩 떠맡을 수는 없지, 하고 생각했다. 이들은 친절한 사람들인 것 같지만 마음을 놓으면 안 돼. 어디에 함정이 있을지 모른다.

"들으셨겠지만, 저희 학교에 학보가 있어요."

교수가 말을 시작했다.

"1960년대에 창간해서 지금까지 이어져온 교내 신문인데, 올해가 창간 50주년이 되는 해입니다. 저희에게는 큰 의미가 있는 일이에요. 뭘 하면 좋을까 고민하다가 작년부터 팀을 꾸려서 학보를 디지털화하는 작업을 했어요. 한장 한장 스캔해서 데이터베이스를 만들었는데, 이제 거의 끝나갑니다. 이삼일 있으면 끝날 것 같아요."

흥미로운 자료들이 많았다고, 교수가 말했다. 당시 학생들의 생생한 육성이 담긴 글들이 보석처럼 곳곳에 박혀 있었는데, 사료로서 갖는 가치 역시 높은 글들이었다.

"그냥 묵히기엔 아깝더라고요. 이 자료들을 활용해서 뭘 하면 좋을까 처장님과 상의하다가 전시를 꾸며보면 어떨까 생각하게 된 겁니다. 마침 학교 안에 우리가 쓸 수 있는 전시 공간도 있거든요."

"작가님아."

교무처장이 끼어들었다.

"이 기사들을 보면요, 너무너무 흥미로워요. 그 옛날 학생들의 인터뷰를 보면 말 하나하나가 얼마나 재미있는지 몰라요. 아, 이건 보물이구나 싶더라고. 이 기사들을 시대별로 놓으면 그 자체로 우리 희성교대의 역사를 보여주는 전시가 되겠구나 하고 무릎을 탁 쳤어요."

교무처장은 다시 위풍당당한 모습으로 돌아가 있었다. 자신이 하는 말에 완전히 열중한 얼굴에 즐거움이 가득했다.

나는 수첩을 펴들고 물었다.

"그럼 테마는 학교의 역사인 거네요? 기사들을 통해서 희성교대의 역사를 보여주는 전시가 맞나요?"

"네."

교수가 예의 바르게 말을 이었다.

"그렇지만 어디서나 볼 수 있는 그런 전시는 말고요. 처장님과 저는 교과서에 나오는 딱딱한 연표식 역사가 아니라 학생들의 목소리가 살아 있는 전시를 만들고 싶어요. 그 시절 학생들의 시선과 고민과 하루하루 생활이 담겨 있는 그런 전시요."

살아 있는 역사. 학보로 재구성한 전시회.

나는 수첩에 메모했다. 테마가 그럴싸해 보였다.

교수는 설명을 이어갔다. 그들이 뽑은 기사는 넘버링을 해보니 200개쯤 된다고 했다. 기사들은 내용상 몇개의 주제로 묶을 수 있는데, 그 주제를 키워드 삼아 전시를 구성한다는 기획이었다.

문제가 하나 있었는데, 그건 기사 원문을 늘어놓는 것만으로는 전시가 되지 않는다는 점이었다. 관람객이 거기서서 몇시간 동안 눈알 빠지게 작은 글자를 읽고 있을 수는 없는 노릇이고, 맥락도 필요했다.

교수가 말했다.

"예전 기사에는 한자가 엄청 많거든요. 활자도 선명하지 않고요. 결국 저희는 이 기사들이 어떤 내용이고 무얼 말하고 있으며 지금 우리에게 어떤 의미가 있는지 짚어줄 텍스트가 필요하다는 결론에 도달했어요. 그게 외부에서 작가님을 모시게 된 이유고요."

나는 고개를 끄덕이며 몇가지를 더 메모했다.

"주제는 좀 구성해보셨고요?"

내가 물었다.

"처장님, 그때 저희가 얘기한 구성이 뭐뭐였죠?"

교수가 펜을 꺼내며 차분하게 말을 해나갔다.

"1번 박스는 학교 소개를 겸한 여는 글, 2번 박스는 입시제도의 변천……"

교무처장과 교수는 그 자리에서 메모를 해가며 의견을 나누기 시작했다. 교수가 제안하면 교무처장이 생각을 보태고, 그렇게 점점 아이디어가 꼴을 갖추어갔다. 그들 곁에 조용히 앉아 있었지만, 나는 그들이 하는 말을 빠짐없이 들었다. 두 사람이 이 일을 얼마나 중요하게 여기는지, 얼마나 열정을 갖고 있는지 느껴졌다.

몸담은 공동체가 있고 그 공동체의 역사에 자부심을 품고 있는 사람들. 뜻밖에 나는 조금 부러움을 느꼈다. 날카로운 아픔이 느껴지는 부러움이었다. 오랜만에 이런 것을 보았다는 생각이 들었다. 그들은 마치 유서 깊은 가문의 핵심 같았다. 반면 나는 뭐랄까, 가문의 행사에 일꾼으로 불려 온 떠돌이가 된 심정이었다.

어느 순간 나는 그들이 하는 말을 놓쳤다. 그때 갑자기 교수가 물었다.

"화나셨어요?"

그는 혼란스러운 표정으로 나를 바라보고 있었다.

"저요?"

나는 깜짝 놀랐다. 이 사람들은 왜 자꾸 나를 놀라게 하는 걸까.

"제가 왜요?"

"말씀이 없으시길래. 표정도 안 좋으시고요. 내가 왜 이런 골치 아픈 일을 해야 하나, 그런 표정인데요."

교수가 말했다. 교무처장도 심각한 얼굴로 내 얼굴을 들여다보고 있었다.

"그럴 리가요."

"저희 일, 맡아주시는 건가요?"

이번에는 교무처장이 물었다.

"네, 한번 해보겠습니다."

"아유, 감사해요."

교무처장이 마치 개인적인 부탁이라도 하는 듯 활짝 웃으며 말했다.

*

"그럼 박물관으로 가볼까요" 하고 교수가 말했다.

나는 교무처장을 향해 다시 한번 커피에 대한 감사인사

를 하고 밖으로 나왔다. 교수와 나는 조용하고 텅 빈 복도를 지나 엘리베이터를 타고 내려갔다.

바깥으로 나오니 오후의 햇살이 한층 깊어져 있었다. 나는 교수를 따라 황금빛에 잠긴 캠퍼스를 걸었다. 일을 맡기로 결정되어 한시름 던 기분이었다. 250만원이면 침대와 침구를 살 수 있을 듯했다. 아늑하고 단단한 침대와 푹신한 이불의 이미지가 눈앞에 어른거렸다. 정민이 사는 빌라에 살림을 합치기로 한 터라 신혼집을 꾸민다는 실감은 크지 않았지만, 그래도 침대는 오래 쓸 만한 걸로 마련하고 싶었다.

우리는 몇개의 강의용 건물을 지나 잔디가 깔린 조용한 구역으로 접어들었다. 쨍하게 푸른 겨울 하늘 아래 절제미가 돋보이는 건물들이 어우러진 캠퍼스는 바깥세상과 분리된 장소처럼 느껴졌다.

"저희 학교에는 처음 와보신 거죠?"

교수가 나란히 걸으며 물었다.

"네."

대답하고 보니 다소 딱딱하게 들렸지만 교수는 전혀 신

경 쓰지 않는 듯 부드러운 표정이었다.

"오늘 들어오실 때, 느낌이 어떠셨어요?"

교수가 물었다.

"음, 활기차다고 느꼈어요."

발음하면서도 이미 그 말이 진부하게 들렸다. 인상적인 대답을 내놓지 못했다는 생각에 나는 기분이 좀 가라앉았다. 뭐라고 덧붙이고 싶었지만 할 말이 생각나지 않았다. 학교에 들어설 때 받은 인상이 어땠는지 떠올려보려 했으나 잡히는 기억이 없었다.

"의외인데요."

교수가 말했다.

"오늘 뭔가 활기찬 일이 있었을지도 모르겠네요."

나는 교수가 나를 배려하기 위해 그 말을 했다고 느꼈다.

"교수님이 생각하시는 느낌은 어떤데요?"

내가 물었다.

자신은 처음 학교에 부임했을 때 아주 조용하다 느꼈다고, 교수는 웃으며 대답했다. 무엇 때문인지 모르지만 이건 그가 좋아하는 화제인 모양이었다. 왜냐하면 그가 싱

글벙글 웃고 있었던 것이다.

"대학이라면 좀 시끌시끌해야 할 것 같잖아요. 그런데 꼭 고등학교처럼 조용하더라고요. 학생들도 고등학생 같아요. 3년 내내 말썽 부리지 않고 성실하게 공부한 학생들이 저희 학교에 입학해요. 내신성적 좋은 모범생들이요. 이 친구들이, 대학생이 되어도 똑같아요. 정해진 시간표대로 수업 듣고 뭐 하나라도 빠뜨리면 큰일 나는 줄 알죠."

그렇게 말하는 그의 표정에는 애석함이나 못마땅함 대신 애정이 가득했다. 그는 천진난만한 얼굴로 활짝 웃고 있었다. 그의 말도 곰곰이 생각해볼 만했지만, 내 관심을 끈 것은 그가 한 이야기가 아니라 그 웃음이었다. 그늘이라고는 없는 웃음이었기 때문에 나는 문득 궁금해졌다. 이 남자는 어떻게 이런 웃음을 간직하고 있을까, 하고. 인생의 한 시기가 허무하게 끝나버린 후로 어떤 사람들을 만날 때면 그런 생각이 들었다. 이 사람은 이 자리에 오기까지 모든 일이 순조로웠을까. 그렇다면 이 사람은 얼마나 운이 좋은 사람인가.

"다 왔네요. 저기 보이는 건물이에요."

교수가 종탑처럼 지붕이 길쭉한 건물을 가리켰다. 나는 그와 함께 건물로 다가갔다. 유리문을 통과하자 비좁은 로비 공간이 나왔다. 상설 박물관이라면 안내하는 사람이 서 있을 법한 데스크가 있었고, 오른편으로 넓은 계단이 보였다.

교수는 앞장서서 계단을 밟고 올라갔다. 3, 4층은 향토 문화를 연구하고 출판하는 인력이 상주하고, 2층이 전시실이라고 교수가 말했다.

2층 입구에서 나는 걸음을 멈췄다. 전시실로 들어가기 전, 입구 벽 전체에 희성교육대학의 연혁을 정리한 표가 붙어 있었다. 나는 휴대전화를 꺼내 벽을 사진으로 찍었다.

교수가 스위치를 누르자 전시실 전체에 불이 켜지면서 넓은 공간이 드러났다. 벽을 둘러 유리 진열장이 설치되어 있고 그 안에 소장품들이 전시된 방이었다.

세상에는 참으로 다양한 공간이 있다고, 나는 안으로 발을 들여놓으며 생각했다. 프리랜서로 일하며 이따금 하는 생각이었다. 작은 땅덩어리 안에 믿기 어려울 만큼 다양한 목적을 가진 공간이 있고, 그와 결부된 간행물이 존재한다. 지방에 있는 교육대학교와 부속 박물관의 전시실. 이번 일이 아니었다면 평생 인연이 닿지 않았을 공간이었다. 세상에 존재하는 줄도 몰랐겠지. 나는 지금 이 시각에도 곳곳에 존재할, 가본 적 없고 앞으로도 가볼 일이 없을 공간들에 대해 잠시 생각했다.

전시실에는 과거의 교복, 배지, 교과서, 각종 상패와 트로피들이 진열되어 있었다. 중앙에도 허리 높이까지 오는 진열대가 있었다.

"보시면 알겠지만 아무런 내용이 없어요. 여기를 보세요. 교복이 있고 몇년도의 하복이다, 이게 끝이죠. 저희 학생들 쓰는 말로 냉무, 냉텅이라고 하죠."

교수가 나를 보면서 씩 웃었다.

"이 교복을 학생들이 어떻게 여겼는지, 좋아했는지 싫어했는지, 당시 다른 일반 대학에서도 교복을 입었는지, 이런 게 중요한 이야기인데 말이에요."

나는 진열장 하나하나를 사진으로 찍으면서 애매하게 웃음 지었다. 나는 사실 그런 생각을 하지 못했다. 전시에 알맹이가 없다는 생각 말이다. 하지만 교수의 말을 듣고 보니 과연 그랬다. 딱히 문제는 없지만 한바퀴 빙 둘러보고 나가면 머릿속에 아무것도 남지 않을 전시였다. 어느 교육대학교에나 있을 법한 물건들이, 여느 전시실처럼 놓여 있다는 것만 기억에 남을 듯했다.

"이렇게 좋은 공간에 아깝잖아요. 이걸 다 바꾸려고요."

교수가 말했다. 그러고는 주위를 둘러보았다. 그는 새롭게 탈바꿈한 모습을 그려보고 있는 듯했다.

이윽고 그가 다시 입을 열었다.

"새로 전시를 해도 진열되는 물품 자체는 지금과 비슷할 거예요. 동문회에서 소장자료를 기증해달라는 연락을 돌리고 있다고는 하는데, 들어오는 물건이 많을 것 같진 않아요. 그러니 전시품은 지금과 거의 같다고 보시면 돼요. 하지만 배치를 다시 하게 되겠죠. 서사를 만들고 그에 따라 배치하면 물건 하나하나가 붕 떠 있지 않고 지금과 다르게 존재감이 생길 거예요. 그 서사를 만드는 역할을 하얀 선생님께 부탁드린 겁니다."

나는 숨을 들이마시며 깜짝 놀랐다는 몸짓을 해 보였다.

"이거 어깨가 무거운데요?

그러자 교수가 씩 웃었다.

"너무 무거워하진 마시고요."

3

그 주 주말에는 오랜만에 고속버스를 타고 본가에 갔다. 나는 고속버스에서 이런저런 상념에 잠기는 시간을 좋아했는데, 그러다 도착할 무렵이면 졸음이 몰려오곤 했다. 이날도 버스가 곧 목적지에 도착한다는 안내 방송이 나올 때까지 나는 얕은 잠에 빠져 있었다.

비몽사몽간에 짐을 챙겨 버스에서 내리자 차가운 바깥 공기에 정신이 번쩍 들었다. 그런데 터미널의 분위기가 어쩐지 평소와 달랐다. 마치 명절처럼 버스 기사와 직원들이 이야기를 주고받는 모습에 활기가 넘쳤고, 지나가는 사람들의 표정도 묘하게 상기되어 있었다. 터미널을 빠져나와 길가에 붙은 커다란 플래카드를 보고서야 오늘이 무슨 날인지 깨달았다. 이곳 출신의 전 유엔 사무총장이 10년간의 임기를 마치고 처음 고향에 방문하는 날이었다. 플래카드 하단의 일정표를 보니 고향인 음성군에 들렀다 오후에는 충주로 오는 모양이었다.

횡단보도를 건너는데 몇해 전 그가 고향에 방문해 백발의 노모를 끌어안던 장면이 떠올랐다. 금의환향이라는 자막과 함께, 엄마 아빠가 한동안 넋을 놓고 텔레비전 화면을 바라보던 것도. 그 장면은 내게도 복잡한 감정을 불러일으켰다. 참으로 한국적인 장면이라는 생각이 들어 한숨이 나오면서도, 지팡이를 내던지고 아들의 품으로 뛰어드는 노모를 보며 내 마음에도 뭉클함이 차올랐던 것이다. 당시 나는 이미 회사를 그만둔 상태였지만 부모님에게 말을 꺼내지 못하고 있었다. 그날 엄마의 붉어진 눈을 보고 이번에도 말할 수 없겠다는 생각을 하며 복잡한 감정을 목구멍으로 삼켰던 것이 떠올랐다.

무척 추운 날이었다. 나는 칼바람을 피해 택시를 잡아 타고 집으로 향했다. 터미널 주변을 벗어나자 도로에 오가는 자동차가 줄어들고 창밖으로 눈에 익숙한 거리의 풍경이 이어졌다.

본가에 온 것은 엄마의 요청 때문이었지만, 자발적으로 택한 일이기도 했다. 부모님은 이사를 앞두고 있었는데 내 방의 책과 물건들을 직접 보고 정리해주었으면 좋겠다고 했다. 엄마가 좀 들여다봤는데 엄두가 나지 않더라며.

부모님은 30년간 살던 오래되고 불편한 주택을 떠나 올여름 집 근처 아파트로 이사할 예정이었다. 30년이라니. 내 나이와 맞먹는 세월이었다. 아무리 보수적으로 말한다 해도 부모님에게 이번 이사는 엄청난 변화였다. '변화'라는 말로는 부족했다. 그보다는 '단절'이라는 단어가 어울릴 터였다. 보통 사람들이 이사를 할 때 하는 일들, 그러니까 집 안의 모든 물건들을 끄집어내 점검하고 과감히 버리는 과정이 지금껏 우리 가족에게는 한번도 없었다.

*

집으로 가기 전, 큰길가에 있는 슈퍼에 들렀다. 포장용

붉은 노끈 세 롤과 가장 큰 사이즈의 종량제 봉투를 샀다. 노끈은 집에 있을 수도 있지만 그래도 혹시 몰라 사기로 했다.

카운터에 앉아 있는 주인아주머니의 얼굴을 바로 알아볼 수 있었다. 내가 어릴 때부터 아주머니네 가족은 여기서 장사를 했다. 아주머니 얼굴은 그리 변하지 않았는데, 가끔 계산대를 지키고 있는 아들들을 보면 성인이 되어 있어 놀라곤 했다. 꼬맹이였던 내가 이 나이가 되었으니 당연한 일이지만.

오늘 아들들은 보이지 않았고, 아주머니는 여전히 쌀쌀맞았다. 중학생 때였나, 우리 반 친구가 과자 좀 그만 사 먹으라고 아주머니에게 혼난 적이 있었다. 친구는 이후로 한참 떨어진 가게까지 걸어다녔다. 그 말을 들은 뒤로 나는 슈퍼에 와서 아주머니를 볼 때마다 웃음이 터질 것만 같았다. 아주머니는 가게 주인이면서도 하고 싶은 말을 거침없이 했다.

종량제 봉투와 노끈을 들고 슈퍼를 나와 집으로 향했다. 큰길을 기준으로 위쪽은 전부 아파트 단지였다. 그 단지들 뒤편 언덕에 우리 동네가 있었다.

아파트 단지 사이로 난 길은 그늘이 져서 더욱 춥게 느껴졌다. 나는 얼굴이 얼얼할 만큼 차가운 바람을 맞으며 그늘진 길을 걸어 올라갔다. 왼쪽과 오른쪽은 서로 다른 아파트 단지였다. 왼쪽 단지의 이름은 '프로그레스', 오른쪽의 이름은 '골드클래스'였다. 너무나 거창한 나머지 볼 때마다 헛웃음이 나오는 이름들이었다.

나는 어린 시절 이런 아파트들이 세워지는 걸 보며 자랐다. 새로운 아파트 단지가 들어설 때마다 동네의 일부분이 사라졌다. 누구네는 집을 얼마에 넘겼다더라, 누구네 집은 팔라는 이야기가 없었다더라, 하는 이야기를 들으며 컸다. 부모님은 순서가 오기를 기다렸다. 다음에는 우리 집이 팔리겠지, 하고. 아파트들은 도시 전역에서 끝도 없이 생겨났기 때문에 조금만 더 기다리면 정말로 다음번에는 우리 차례가 올 것 같았다. 그러지 않고서는 이런 변두리 구역의 낡고 오래된 주택을 좋은 값에 넘길 방법이 없었던 것이다.

하지만 결국 그 순서는 오지 않았다. 동네 위쪽, 그야말로 산비탈에 아파트 단지가 또 하나 들어설 예정이었는데, 이번에도 우리 집은 포함되지 않는 것으로 최종 결정이 났다. 그게 부모님이 마침내 집을 떠나기로 결심한 이유였다.

고생 끝에 낙이 온다는 결말이면 좋았을 텐데, 하고 집을 향해 걸으며 생각했다. 공사 소음과 먼지와 동네의 크고 작은 분쟁을 견뎌낸 시간들이 아무런 소용이 없어졌다.

이윽고 아파트 단지를 감싼 담장이 끊어지고 오르막길이 시작되었다. 그 지점부터 양쪽으로 오래된 주택과 텃밭들이 늘어서 있었다. 그리고 예상보다 빨리, 저만치에 우리 집이 보였다.

이 집으로 돌아오는 것도 마지막이라는 생각이 들어 나는 걸음을 멈추었다. 그곳에 서서 저만치 떨어진 우리 집을 바라보았다. 연한 노란색과 초록색이 섞인 자그마한 상자 같은 단층집. 그 집은 한순간 기억보다 더 깔끔해 보였지만, 다음 순간에는 기억처럼 작고 초라해 보였다. 담벼락은 노란색이고 대문은 진한 초록색인데, 모두 아빠가 직접 칠한 것이었다. 아빠는 그런 일들을 직접 했다.

지금까지 이 길을 걸어 집으로 돌아온 것이 몇번이나 될까. 헤아릴 수 없을 거라는 생각이 들었다. 우리 가족 모두 조만간 이 집을 떠날 거라고 여기며 살았지만 결국 그러지 못했다는 사실, 그리고 그 결과 이 집이 내게 얼마나 큰 영향을 미쳤는지를 생각하면 아득한 심정이 되곤 했다. 서울로 온 지 10년이 흐른 지금도 꿈을 꾸면 나는 이 집에 있었다. 어린아이일 때도 있었지만 늘 그런 건 아니었다. 최근 알게 된 사람들, 서울에서 만난 사람들과 함께인데도 배경은 어찌된 일인지 이 집이었다. 세련된 옷차림의 사람들이 앉아 있기에는 너무나 이질적인 지방도시 변두리의 구식 주택. 꿈속에서도 나는 집이 너무 초라하다는 사실을 의식하며 남몰래 진땀을 흘렸다.

　잠에서 깨어나면 나는 집이 보낸 메시지를 받은 기분이 들었다. 아니면 과거라고 해야 할까. 그것은 내게 말했다. 나를 잊지 마. 내가 이곳에 있다는 걸, 너의 근원은 이곳이라는 걸 잊지 마,라고.

*

엄마는 비좁은 주방에서 몇가지 음식을 동시에 만들고 있었다. 나는 엄마에게 인사를 하고 내 방으로 향했다. 집에 온 것은 거의 1년 만이었지만 방 안의 모습은 친숙했다. 10년간 같은 모습이었으니까. 가장 먼저 눈에 띈 건 만화 '웨딩피치' 스티커가 덕지덕지 붙은 기다란 옷장이었다. 책상 옆 책장에는 빛바랜 수능 준비용 참고서가 빼곡했다.

먼저 교과서와 참고서들을 끄집어냈다. 침대 옆 바닥에 오래된 종이 냄새를 풍기는 책들이 깔렸다. 나는 그것들을 몇권씩 적당한 높이로 쌓은 다음 노끈으로 묶었다. 내 방에는 마루로 통하는 문 말고도 옆마당에서 바로 들어올 수 있는 미닫이문이 있었다. 그 문을 열어놓고 책 꾸러미가 만들어질 때마다 바로바로 밖에 내놓았다.

문제는 스크랩북이었다. 등에 네임펜으로 숫자를 적어넣은 클리어 파일들이 책상과 일체형인 책장 아래쪽 두단을 가득 채우고 있었다.

바닥에 주저앉아 파일 하나를 꺼내어 펼쳐보았다. 반듯하게 오린 신문기사들이 비닐 안 종이에 붙어 있었다. 여백에는 깨알 같은 글씨가 가득했다. 기사에 대한 내 생각을 적어둔 것이었다.

나는 중학생 때부터 신문을 읽고 스크랩을 했다. 얼마나 열심이었는지 기억하고 있다. 주말 오후면 볕이 드는 마루에 앉아 가위와 풀을 들고 스크랩을 했다. 고개를 들면 마당에서 화단을 손질하거나, 뭔가 일을 하는 아빠의 모습이 보였다. 아빠는 내가 스크랩하는 걸 흐뭇해했다. 때로는 신문기사 자르는 걸 도와주기도 했는데, 그럴 때 그의 얼굴은 기쁨으로 빛났다. 아빠는 중등교육을 채 마치지 못했다. 깨끗한 노트나 지우개 같은 물건을 보면 지금도 마음이 설렌다고, 그게 그렇게 좋아 보일 수가 없다고 말하곤 했다.

나는 시계를 흘긋 쳐다봤다. 아빠가 집에 돌아오기 전에 일을 마치고 싶었다. 내가 명인일보를 그만둔 이후, 아빠는 나와 눈을 마주치지 않았다. 몇년이 지났는데도 그는 아직 그 사실을 받아들이지 못한 것 같았다. 아니면 달라진 나의 위치나, 자신의 위치를 받아들이지 못한 걸까. 엄마한테 들은 바로는 친척들 모임에도 잘 나가지 않는다고 했다. 내 결혼 소식이 아빠에게 어떤 의미일지 생각하자 마음이 무거워졌다.

잠시 후 나는 마음을 추스르고 스크랩북 비닐에서 종이를 하나하나 꺼내 쓰레기봉투에 넣었다. 종이는 책처럼 모아서 분리배출을 해도 되지만, 그러고 싶지 않았다. 완벽하게 없애버리고 싶었다. 종종 비닐과 속지가 붙어버린 경우도 있었는데, 그건 비닐째로 뜯어서 종량제 봉투 속으로 던져 넣었다.

"그걸 왜 다 버려?"

엄마가 방문을 열어보고는 깜짝 놀라 소리쳤다.

"이걸 놔둬서 뭐 해. 다 버릴 거야."

그렇게 열심히 했던 건데 아깝다고, 오히려 엄마가 서운해하는 기색이었지만 나는 속도를 올려 한장 한장 제거해나갔다. 파일은 앞부분부터 알맹이가 사라지고 점차 안에 아무것도 들어 있지 않은 비닐들만 허물처럼 남았다.

마지막으로 깊은 서랍에서 다이어리와 일기장을 꺼내

는 데는 약간의 용기가 필요했다. 슬쩍 들추어본 다음 미련 없이 전부 쓰레기봉투 속으로 던져 넣었다. 펼쳐볼 필요도 없었다. 그 안에 뭐가 적혀 있는지는 대충 짐작이 갔다. 진지하게 써 내려간 인생의 결심들이 여러 버전으로 담겨 있을 터였다. 나는 그런 결심을 끝도 없이 하는 아이였다.

서울에 있을 때도 가끔 이 방을, 이 방의 물건들을 의식했다. 내가 갑자기 세상을 떠난 뒤 누군가 그것들을 펼쳐본다고 생각하면 얼굴이 태양처럼 뜨거워졌다. 더 늦기 전에 방을 정리해야 한다는 생각을 했다. 그런데 마침내 기회가 온 것이다.

해 질 무렵, 드디어 작업을 끝냈다. 엄마는 맨발에 슬리퍼를 신고 마당을 통해 옆마당에 나타나 내가 내놓은 물건 더미를 둘러보았다.

"이럴 때 보면 정도 없구나. 그래도 이게 다 네 역사인데."

엄마는 웃고 있었다. 그러나 묘하게 상처를 받은 듯 보였다.

"이런 일 하라고 나 부른 거 아냐? 이사 갈 때 한번씩 싹

버려야 해."

나는 방바닥에 널린 종이 부스러기를 한데 모아 쓰레기
통에 버린 다음 기지개를 켰다.

"정말 후련해."

"그래, 고생했다."

나는 방바닥에 앉은 채 마당과 옆집을 나누는 낮은 담
벼락을 배경으로 서 있는 엄마를 보았다. 엄마는 티셔츠
에 패딩조끼를 입고 있었는데, 패딩조끼는 내가 고등학교
때 입던 것이었다.

"엄마, 이참에 그런 것 좀 다 버리자."

"뭐 말이야?"

엄마가 의아해했다.

"그 패딩조끼, 그게 대체 언제부터 집에 있던 거야. 내
다버려."

나는 그 말을 듣고 엄마가 민망해하며 웃을 거라고 생
각했다. 그러나 순간 엄마의 얼굴이 일그러졌다.

"이걸 왜 버려. 가볍고 따뜻한데."

나는 놀라서 엄마를 바라봤다. 엄마는 화가 난 얼굴로

입술을 굳게 다물고 있었다. 자존심에 상처를 입은 듯한 반응이었다.

잠깐 사이 마당은 완전히 어두워졌다. 엄마는 잠시 그 자리에 서 있다가 말없이 몸을 돌려 마당 쪽으로 걸어갔다.

*

다음 날, 저녁을 먹고 나서 엄마와 목욕탕에 갔다. 서울로 돌아가기 전날 밤이면 둘이서 목욕탕에 가는 게 언젠가부터 모녀의 의식으로 자리 잡았다.

갈아입을 옷가지를 챙겨 나오자 눈에 익은 플라스틱 목욕바구니가 마루에 놓여 있었다. 저 초록색 바구니는 언제부터 집에 있었을까. 언젠가 우유 배달 같은 걸 신청하면서 받은 물건으로, 10년은 족히 되었을 것 같았다. 어쩌면 그 이상이 되었을지도 모른다는 생각이 들었지만 엄마에게 묻지는 않았다. 어제 패딩조끼를 지적했을 때 엄마가 보였던 반응이 떠올랐기 때문이다.

그밖에도 나는 집에 머무는 동안 엄마가 묘하게 신경이

곤두서 있다는 느낌을 받았다. 무엇 때문일까. 아무래도 수십년간 살았던 집을 떠나는 심정이 예사로울 수는 없으리라는 생각이 들었다. 그 시간은 엄마 아빠에게는 인생의 황금기였는지도 모른다. 나는 잠자코 낡은 목욕바구니를 들고 집을 나섰다.

목욕탕에 도착했을 때, 로커룸의 대형 텔레비전에서는 전 유엔 사무총장이 어제 오전 고향에 방문한 모습을 담은 뉴스가 나오고 있었다. 최신 모델로 보이는 커다란 텔레비전 화면은 화질이 지나치게 선명해서 눈이 아플 지경이었다. 내외가 나란히 꽃목걸이를 걸고 환영 인파를 향해 손을 흔드는 모습이 화면을 가득 채웠다.

지난해였나. 화면 속 마을을 나도 부모님과 함께 돌아본 적이 있었다. 차를 타고 어딘가에 다녀오는 길이었다. 그곳은 유명 인사를 배출한 작은 마을들이 흔히 그렇듯 명사의 이름으로 뒤덮여 있었다. 곳곳에서 명사의 이름을 딴 길이며 건축물이 나타나 이곳이 누구의 고향인지를 쉴 새 없이 일깨웠다. 아마도 찾아오는 사람들을 위한 볼거리를 만들어야 하기 때문일 것이다. 그러나 그 사실을 이해하면서도 마음 깊은 곳에서 씁쓸함이 커져갔다. 과거부터 헤아릴 수 없이 많은 사람들이 이곳에 살았을 텐데, 유명인사가 되지 못한 다른 수많은 사람들의 삶은 중요하지 않다고 말하는 것처럼 느껴졌던 것이다.

엄마가 로커룸 한쪽의 체중계에 올라가 몸무게를 재는 동안 나는 목욕바구니를 챙겨 먼저 안으로 들어갔다. 곧 뒤따라 들어온 엄마는 곧장 대야가 쌓여 있는 곳으로 가더니 큰 대야와 작은 대야를 두개씩 가져와 비누거품으로 씻어냈다. 엄마는 늘 그렇게 했다. 병균이 있을지 모르니 소독해야 한다고.

엄마는 그렇게 씻어낸 대야 두개를 내게 건넸다. 우리는 새하얗게 김이 서려 아무것도 비치지 않는 거울 앞에 나란히 자리 잡았다.

"엄마, 내가 말했던가?"

나는 몸에 거품을 칠하면서 말을 꺼냈다.

"우리 결혼식 말이야. 예식장에서 안 하고 다른 곳에서 하려고 해."

엄마는 몸에 물을 끼얹던 손길을 멈추고 나를 쳐다봤

다. 엄마의 얼굴이 너무나 어두워서 나는 흠칫 놀랐다.

"그럼? 예식장에서 안 하면 결혼식을 어디서 해?"

엄마가 물었다. 나는 대수롭지 않다는 투로 대답했다.

"예식장은 아니지만 주말에 예식장으로 쓰라고 빌려주는 저렴한 장소들이 있어. 요즘 서울에서는 그렇게 많이 해."

'저렴한'이라는 표현은 쓰지 말 걸 싶었다. 나는 심각할 것 없다는 듯 작게 웃음을 터뜨렸다.

"이상한 데서 하겠다는 게 아니야, 엄마. 웨딩홀에서 하지 않겠다는 것뿐이야. 우린 왜 꼭 웨딩홀에서 그 비싼 비용을 들여서 결혼식을 올려야 하는 건지 모르겠어. 돈도 돈이지만 그렇게 틀에 박힌 예식을 하는 게 싫어. 요즘 서울에서는 점점 자기들 식대로 결혼식을 하는 추세야. 예식장 말고 다른 곳에서 하고, 주례도 없애고 많이들 그래."

"그래서 그게 어딘데?"

엄마가 긴장을 풀지 않고 물었다.

"국립중앙도서관에서 하려고 해. 어때? 도서관에 딸린 건물을 주말에 예식장으로 쓰라고 빌려주거든. 요즘 거기가 굉장히 인기가 많아."

'국립중앙도서관'이라는 단어를 듣는 순간 엄마의 얼굴에서 안심하는 기색이 느껴졌기 때문에 나는 마음속으로 안도하며 설명을 이어갔다. 하루에 한 타임만 진행되기 때문에 여유롭게 식을 치를 수 있고, 위치도 지방 손님들이 올라오기에 안성맞춤이라고.

"그래, 요즘 결혼식 가보면 주례는 많이 안 하더라. 여기서도 그래."

엄마가 경계를 푸는 것이 느껴졌다. 나는 한시름 던 기분으로 다리를 씻어내면서 결혼식을 올린 뒤 바로 아이를 가질 생각이라고 말했다. 나는 아기를 좋아했다. 내 아기를 갖게 된다는 생각만으로도 몹시 흥분됐다. 임신하고, 출산하고, 아기가 커가는 걸 지켜보는 과정을 꼭 한번은 경험해보고 싶었다. 정민은 나만큼 아기들의 엄청난 팬은 아니었지만 내 의사를 존중했다. 어쨌거나 애를 낳는 사람은 너니까,라고 생각하는 것 같았다. 내가 프리랜서로 일하고 있으니 잘됐다고, 아이를 돌보며 일할 수 있어 다행이라고 나와 정민은 이야기했다.

엄마는 그래, 하고 대답하고는 아무런 말도 하지 않았

다. 엄마는 몸이 하얗게 되도록 비누칠을 하고 있었다.

"어릴 때 우리 딸 꿈이 대통령이었는데."

엄마가 문득 생각난 듯 명랑하게 말했다. 엄마와 나는 서로를 바라보았다. 나는 피식 웃었다. 엄마가 방을 정리하러 들어갔다가 뭔가를 봤던 걸까. 서랍을 열었다가 다이어리나 옛날 노트를 펼쳐봤을 수도 있었다. 그걸 보고 생각이 났겠지. 하지만 다음 순간, 아닐 수도 있다는 생각이 들었다. 어쩌면 엄마는 이 꿈 역시 나중에 뉴욕에 데려가겠다는 약속처럼 한번도 잊어본 적이 없을지도 모른다.

"엄마, 언제 적 이야기를 하고 그래. 그런 말 좀 하지 마. 진짜 쪽팔려."

엄마는 의아하다는 표정을 지었다. 혼란스러워 보이기도 했다.

"아니야, 넌 고등학생 때도 정치인이 되는 게 꿈이었잖아. 기자를 하다가 정계로 진출하겠다고 했었지. 방에 행동계획을 적어놓고 하루하루 그대로 실천했잖아. 그게 왜 쪽팔린 거야. 요즘 젊은 사람들은 이상하더라. 큰 꿈을 갖고 사는 게 쪽팔린 일이 됐더라."

엄마는 내게서 눈을 떼지 않고 말했다.

"하얀아, 엄마는 네가 정말로 대통령이 될 거라고 생각했어."

"아우, 됐어 엄마. 다들 자기 자식이 그럴 거라고 생각해."

나는 딱 잘라 말했다. 말을 마친 다음 몸을 돌리고 비누 거품을 마저 씻어냈다. 엄마를 만나면 결국 이런 식으로 말하게 된다. 세상에서 가장 똑똑한 척. 좁은 우물에 사는 엄마와 달리 식견이 있는 척. 듣기 싫은 말을 하는 엄마의 입을 닫게 하는 데는 이보다 좋은 방법이 없었다. 엄마가 몰라서 그러는 거야. 이상 끝.

이번에도 통했다. 엄마는 더는 말하지 않고 비누 거품을 씻어냈다. 나는 거품 섞인 하얀 물이 끝없이 쏟아지며 수챗구멍을 향해 흘러가는 걸 지켜보다 일어나 온탕 구역으로 향했다. 세계의 탕 중에 가장 온도가 낮은 쪽을 골랐지만 그래도 너무 뜨거워서 다리만 넣고 가장자리에 걸터앉았다. 곧이어 엄마도 탕으로 왔다. 손을 넣어보더니 이게 뭐가 뜨거우냐며 엄마는 곧장 물로 쑥 들어갔다.

엄마는 탕 안쪽 벽에 등을 기대고 앉아 온몸에 퍼지는

열기를 느끼는 듯 눈을 감았다. 이윽고 나도 몸을 미끄러 뜨렸다. 안쪽에는 계단처럼 앉을 수 있는 단이 하나 더 있었다. 그곳에 앉으니 배꼽 언저리에서 물이 찰랑였다.

쇄골까지 물속에 담근 엄마가 눈을 뜨고 나를 쳐다봤다. 엄마의 얼굴은 물기로 번들거렸다.

"내가 잘못 생각했지. 너희 어릴 때는 공부 잘하는 게 최고인 줄만 알았지. 그런데 그게 아니더라니까. 살아보니까 그게 아니야."

이번에는 주장이 아니라 깨달음을 전하는 방식이었다. 살아보니 그렇더라,라는 화법. 엄마보다 더 넓은 세상에 나가 살고 있다는 것이 나의 무기라면, 나보다 더 오래 살았다는 게 엄마의 무기였다.

엄마가 말했다. 반기문 씨처럼 될 것도 아닌데, 그냥 가까이 살면서 주말에 얼굴 보고 밥 먹고 같이 시간 보내는 게 최고라고.

엄마가 누구를 떠올리고 있는지 알 수 있었다. 엄마의 고향 친구 정화 이모와 그의 딸 지선일 터였다.

"정화 이모 보면 부러워?"

나는 장난스럽게 물었다.

"부럽지. 너무 부러워."

"지선이도 애 낳고 다 잘 살잖아. 근데 엄마는 나한테는 왜 결혼 일찍 한다고 해?"

그러자 엄마가 나를 똑바로 보면서 잊을 수 없는 말을 했다.

"지선이랑 너랑 같아? 그 애들은 적당히 공부하고 이런 데서 사는 거지. 너는 그렇게 공부해서 그 애들이랑 똑같이 살려고?"

그걸 몰라서 묻느냐는 표정으로 엄마는 나를 쳐다봤다. 순간 엄마가 속으로 삼킨 다음 말이 내 귀에 똑똑히 들리는 것 같았다.

어차피 그렇게 살 거, 뭐 하러 서울까지 갔어.

엄마가 탕에서 나간 다음, 나는 천천히 몸을 미끄러뜨려 턱 밑까지 물에 담갔다. 이제 물은 그다지 뜨겁게 느껴지지 않았지만 열기가 온몸으로 퍼져나가 머릿속이 몽롱했다.

나는 저만치서 웅크리고 앉아 손등부터 때를 미는 엄마

의 뒷모습을 쳐다봤다.

엄마는 항상 나한테 감사하며 살아라, 겸손하게 살아라, 하고 말했잖아. 세상일이 원래 마음대로 되지 않는다, 다 그런 거다, 말했잖아.

엄마의 그 말들에 의지해 넘긴 순간들이 많았다. 그런데 그렇게 말했던 엄마와 지금 저기 앉아 때를 미는 엄마는 다른 사람 같았다.

어차피 그렇게 살 거, 뭐 하러 서울까지 갔어.

그렇게 말하는 대신, 엄마가 실제로 한 말은 이것이었다.

"그렇게 높은 학교까지 나와서, 왜 제대로 된 일을 안 해? 아깝지도 않아?"

엄마는 여전히 나를 이해하지 못하는 것이다. 프리랜서가 대세야 엄마. 출퇴근도 안 하고 짱이라고! 아무리 주장해도 그 말은 부모님의 한쪽 귀로 들어갔다가 다른 쪽 귀로 흘러나왔다. 왜 멀쩡한 회사를 그만둔 것인지, 나한테 혹시 무슨 문제가 있는 게 아닌지, 말하자면 능력이 부족한 게 아닌지 의심을 내비친 적도 있었다.

궁금할 것이다. 왜냐하면, 나 역시 궁금했으니까. 어떻게든 이유를 찾아내고 싶었으니까.

내게 부족한 것이 능력이었다면 문제는 비교적 간단했을 것이다. 능력이 부족하다면 채우면 되었을 것이다. 노력하는 거라면 자신 있었으니까.

하지만 어느 순간 나는 깨달았다. 지나친 노력이 문제일지도 모른다는 걸.

공황장애에는 언제나 '처음'이 있다. 그 처음은 사람마다 다르다. 터널이나 지하철같이 사방이 막힌 공간에서 갑자기 발작을 경험하는 사람도 있고, 트라우마가 될 만한 사건이나 상황에서 처음으로 극단적인 공포와 신체 반응을 겪기도 한다.

나의 증상은 회사와 결부되어 있었다. 회의를 마치고 내 자리에 앉아 평소와 다를 것 없이 기사를 작성하던 어느 오후였다. 별것도 아닌, 조금 전 회의 도중에 들은 누군가의 말이 점점 내 안에서 눈덩이처럼 커지더니 처음으로 공황발작이 일어났다. 이후로도 수습할 수 없을 만큼 무너져내렸을 때는 매번 회사에 있을 때였다.

잔인한 농담 같은 아이러니였다. 왜냐하면 나는 회사를

사랑했으니까. 나는 조직과 그 안의 사람들을 사랑했다. 내게 주어진 일을 온 힘을 다해 해냈다. 취재기자로 일하는 건 내 오랜 꿈이었다. 1000대 1의 경쟁률을 뚫고 명인일보 공채에 합격했을 때, 꿈꾸던 일이 정말로 직업이 되었다는 사실에 잠시나마 가슴이 터질 것 같았다. 업무 강도가 높았고 스트레스에 시달렸지만 이 정도 버틸 각오도 없이 여기까지 왔겠느냐고 스스로에게 묻곤 했다. 실망하고 절망하는 일이 많았지만 어디든 마찬가지라고 생각하면서, 진심은 통할 거라 믿으며, 최선을 다해 일을 했다.

돌이켜보면 기자라는 직업은 내 자부심의 원천이었다. 나는 내가 '여자'라는 점을 의식하며 살듯 나 자신이 '기자'라는 사실을 매 순간 느끼며 살았다. 내 인생은 일을 중심으로 했다. 공간 한복판에 거대한 쇠공이 놓인 것처럼, 나라는 존재는 일을 중심으로 휘어 있었다.

어느 날 자정이 되도록 일감을 들여다보다가 문득 이런 생각을 했던 것이 기억난다. 이렇게까지 할 일인가? 이렇게까지 할 일은 아니야.

정말이지 그렇게까지 할 일은 아니었다. 그렇게까지 할

일은 세상에 하나도 없었다. 나의 몸과 영혼보다, 나의 에너지가 완전히 바닥나버리지 않도록 보호하는 것보다 중요한 일은 없으니까. 하지만 조직 안에서 일하는 한 평가에 대한 욕심에서 벗어날 수 없었다. 더 잘해내고 싶은 열망, 더 잘해내야 한다는 내면의 목소리를 실망시키는 것이 내겐 몹시도 힘든 일이었다. 아마 지금 다시 돌아간다고 해도 나는 잠을 줄여가며, 스스로의 살을 깎아내며 주어진 일을 탁월하게 해내려 애쓸 터였다.

어쩌면 너무 많은 의미를 부여했기 때문인지도 모른다. 일을 너무 진지하게 여겼기 때문일지도.

상담센터에서 만난 심리상담사는 내게 말했다. 세상일에 대한, 그리고 인생에 대한 기대치가 너무 높다고 했다. 그중에서도 특히 사람들에게, 인간관계에 많은 걸 기대한다고.

"하얀씨는 어떤 것이 좋으면 전체가 다 좋기를 바라네요. 하나라도 나쁜 부분이 있으면 완전하지 않은 것이고요. 올 굿."

"네?"

나는 알아듣지 못하고 되물었다.

"올 굿(All Good)요."

상담사가 말했다.

"세상에 그런 건 없어요. 그리고 올 굿이어야 굿인 것도 아니고요."

프리랜서 기자 겸 작가가 된 이후, 나는 이제 받는 페이만큼만 일한다. 그럴 수 있다는 게, 그걸 가능하게 해주는 게 프리랜서 생활의 가장 멋진 점이다. 다시는 만나지 않을 사람들이기 때문에 무리할 필요가 없었다. 너무 마음을 쏟지 않아도 되는 일들이었고, 행여 마음을 쏟을라치면 그 작업이 끝났다. 물론 일은 흠 없이, 깔끔하게 처리한다. 하지만 그 이상을 하려고 애쓸 필요는 없다. 뭔가를 이루려고 할 필요가 없다. 뭔가가 되려고 할 필요가 없다.

그 사실은 나를 안심시킨다.

*

목욕을 끝내고 엄마와 팔짱 끼고 돌아오는 길, 밤공기

가 상쾌했다. 매끈매끈해진 살갗에 닿는 옷감의 감촉이 까슬까슬 기분 좋게 느껴졌다. 우리는 서로 목욕바구니를 들겠다고 실랑이를 했다.

"무겁잖아, 내가 들게."

"아니야, 이리 줘. 엄마가 들게."

가로등 불빛은 어두웠지만 무섭지 않았다. 엄마와 목욕을 마치고 이 길을 걸어 돌아왔던 게 못해도 백번은 될 것이다.

우리는 횡단보도에 서서 신호를 기다렸다. 나는 건너편의 아파트 단지들을 멍하니 바라보았다. 문득 엄마 아빠가 자신들이 살게 될 아파트 이름의 뜻을 모를 거라는 생각이 들었다.

"엄마, 프로그레스가 무슨 뜻인 줄 알아?"

내가 물었다.

"무슨 뜻이야?"

"진전. 진보. 앞으로 나아간다, 이뤄낸다는 뜻이야."

"그렇구나."

엄마는 그 뜻을 새겨두려는 듯 고개를 끄덕였다.

"진전, 진보. 좋은 뜻이네."

우리는 횡단보도를 건너 단지 사이의 길을 걸어 올라 갔다. 이윽고 어둠 속에서 다른 집들 뒤로, 멀리 우리 집의 한쪽 벽이 보였다.

"그래도 이사 가면 그립겠지?"

엄마가 말했다.

"다음번에는 여기 아니고 아파트로 와야 되는데 기분 이상할 것 같지 않아? 네가 집이 없어진 것 같은 기분이 들까봐, 엄마는 사실 그게 좀 마음에 걸렸어."

"아……"

나는 말을 잇지 못했다. 엄마는 내가 뭔가 말해주기를 기다리고 있었다. 하지만 나는 할 말을 찾지 못했다. 부자 연스러운 침묵이 흘렀다. 엄마도 그 침묵을 부자연스럽게 느꼈는지는 모르겠다.

내가 하고 싶은 말은 이것이었다.

엄마, 난 저 집이 정말 싫었어. 그러니까 그런 걱정 할 필요 없어……

하지만 그렇게 말할 수는 없었다. 그저 팔짱을 끼고 있

는 팔에 힘을 주면서 우리는 서로에 대해 정말 모르는구
나, 하고 생각했을 뿐이다.

4

"집에는 잘 다녀왔어?"

현관에 들어선 정민이 신발을 벗으며 물었다. 나는 저녁거리를 사들고 정민의 집에 가서 그를 기다리고 있던 참이었다.

"잘 다녀왔지."

현관 앞 옷걸이에 코트를 벗어서 걸고 있는 그를 보며 대답했다. 정민은 의정부시의 한 동사무소에서 근무하고 있다. 우리는 내가 역 앞에서 포장해 온 김밥과 만두를 식탁에 펴놓고 마주 앉았다. 그는 식사를 하면서 새로 발령난 직원이 시스템에 접속해 개인정보를 무단 열람했다가 불려가 주의를 받았다는 이야기를 했다.

"네가 이제 기자가 아니라서 다행이지. 안 그랬으면 나를 얼마나 들볶았을까."

나는 그가 무슨 얘기를 하는지 깨닫고 미소 지었다. 하지만 그를 들볶았다는 건 지나친 과장이었다. 나는 딱 한 번, 그에게 누군가의 주소를 조회해달라고 부탁한 적이 있었다.

"거의 나를 협박했잖아. 흉기만 안 들었을 뿐 신변의 위협을 느낄 정도였다니까."

"그 정도는 아니었어. 내가 무슨 협박을 해."

나는 쓴웃음을 지었다.

"기억 안 나? 다시는 내 얼굴 못 볼 거라고 했던 거."

"내가 그랬다고?"

나는 결국 웃음을 터뜨렸다. 당시 정황은 기억하고 있었지만 그에게 한 말은 생각이 나지 않았다. 청문회를 앞두고 대응팀에 속해 있던 때였다. 장관 후보자가 지역구 국회의원으로 있던 시기, 대규모 개발을 앞둔 해당 지역의 토지를 차명으로 사들인 정황이 있었다. 토지의 주인으로 이름을 올린 이를 취재하려 했지만 도무지 소재를 파악할 수가 없던 나머지 다급한 마음에 정민을 압박했던 것이다. 어쨌거나 자랑스러운 일이라고는 할 수 없었다.

"미안해. 그때는 너무 급했어. 정말 확신이 들었거든. 이 사람만 잡으면 된다는."

"그거 결국 어떻게 됐었지?"

"전화 통화까지는 했었지. 하지만 결정적인 단서는 못 잡았어."

그는 만두를 입에 넣고 우물거렸다.

"너처럼 원칙주의자가 그런 요구를 하다니. 충격이었어."

"다 공익보도를 위한 거였지."

"그래, 그때도 넌 그렇게 말하면서 날 협박했어."

우리는 둘 다 작게 웃음을 터뜨렸다. 그때 뭔가 생각난 듯 정민이 "아!" 소리를 냈다. 할 말이 있었다면서 그가 말을 이었다.

"우연히 동호 선배랑 연락이 돼서 얘기했는데 선배도 몇 년 전에 공황장애가 왔었대. 너처럼 한동안 방 밖으로 나가지도 못할 만큼 심했다고 하더라. 그래서 회사 일도 동업자한테 넘기고 급하게 정리했다고 하더라고. 제주도에 내려가 산다는 얘기는 들었지만 그런 사정이 있는 줄은 몰랐어. 그런데 선배가 그러더라. 돌아보니 공황장애가 자기를 살린 것 같다고. 매일 밤 술 약속이 없는 날이 없었고 일만 생각하면서 살았는데, 공황장애가 아니면 그렇게 다 내려놓고 자기를 돌보는 시간을 가질 수 없었을 거라고 하더라고. 아내랑 아이들과도 사이가 좋아졌대."

"회사를 다 정리했대?"

나는 눈길을 들지 않은 채 젓가락으로 반원 모양의 단무지를 집으며 말했다.

"응, 실은 자기랑 맞지 않았대. 하나부터 열까지 스트레스였다고 하더라. 그런데 얘기를 듣다보니 좀 이상한 느낌이 들었어. 너무 예전의 삶을 부정하는 것처럼 느껴졌다고 할까. 새로운 사람이 생겼다고 갑자기 예전 애인에 대해 실은 다 마음에 들지 않았다고 말하는 것처럼 말이야."

"계속 살아가야 하니까 그러는 걸 거야."

"그래. 나도 틀린 얘기는 아니라고 생각해. 너만 해도 예전에 비해 여유가 생겼잖아. 난 솔직히 아프기 전보다 요즘 네가 더 좋아 보여."

"그래."

그렇게 말하고 나는 잠시 아무런 말을 하지 않았다. 마음속에 여러 감정이 올라왔다.

이윽고 나는 입을 열었다.

"하지만 회사에 다니고 있었다면 지금보다 나은 형편이었을 텐데. 좀더 번듯했겠지. 결혼 준비를 하려니까 솔직히 그런 마음이 들어."

나는 티슈를 한장 뽑아 식탁에 묻은 간장 얼룩을 닦으며 덧붙였다.

"돈도 너무 없고."

"그런 생각은 하지 말자."

정민이 대수롭지 않은 말투로 말했다. 그의 말을 듣고 나는 고개를 끄덕였다. 하지만 기분은 나아지지 않았다. 나는 잠자코 김밥을 우물거렸다. 정민은 한동안 나를 바라보다가 입을 열었다.

"집에서 무슨 일 있었어? 잘 얘기하고 온 거 아냐?"

"엄마 아빠는 결국 아무런 소득도 없이 집을 팔았잖아.

그럴 거면 진작 이사를 갈 수도 있었을 텐데. 어릴 때부터 얼마나 스트레스를 받았나 몰라. 눈 뜨면 땅 깨는 소리에, 트럭들이 하루 종일 먼지를 날리면서 왔다 갔다 하고. 보상 문제로 이웃들 간에 싸움이 일어나고 동네 분위기가 흉흉해진 적도 한두번이 아니야. 엄마는 언젠가 새 아파트에서 살고 싶다고 했었는데, 새 아파트도 아니고 바로 눈앞에 보이는 오래된 아파트로 이사를 가는 거야. 거길 들어갈 거라면 10년 전에 갔어야 했어."

정민은 이해한다는 듯 고개를 끄덕였다. 나는 그와 눈길을 맞추고 씩 웃음을 지었다.

"게다가 하나뿐인 딸을 키운 보람도 없잖아."

"왜 보람이 없어?"

"엄마 아빠는 내가 보란 듯이 성대한 결혼식을 할 줄 알았겠지. 그랬다면 엄마 아빠가 나를 키운 보람이 있었겠지. 내가 명인일보 기자로 일하고 있었다면 그럴듯했을 테니까. 얼마나 좋았겠어."

나는 나 역시도 조금은 그런 마음이 든다는 이야기는 하지 않았다.

정민이 말했다.

"명인일보 사람들 말이야. 청첩장은 줄 거야?"

"무슨. 몇년간 연락도 안 했는데."

"난 이번 기회에 네가 예전 동료들을 만나보는 건 좋다고 생각해. 그래도 오랫동안 몸담았던 곳이고 같이 일했던 사람들인데 가끔 얼굴을 보고 지내는 게 좋지. 그땐 어쩔 수 없었다고 해도 이젠 연락할 수 있잖아. 다들 경조사를 계기로 얼굴도 보고 하면서 인연을 이어가는 거야."

그는 대답을 기대하는 듯 내 얼굴에서 눈을 떼지 않았다. 생각지 못한 말이었기 때문에 나는 좀 당황했다. 잠시 침묵이 흐른 뒤 나는 중얼거렸다.

"전혀 연락을 안 하는 건 아니지. 경주 선배도 명인일보 사람이잖아."

정민은 내가 당황한 기색을 느낀 모양이었다. 그는 한동안 나를 바라보다가 작게 한숨을 내쉬었다.

"그래, 생각 좀 해봐."

*

    정민의 집에서 나와 서울로 향하면서, 경주 선배를 만나러 가던 날을 생각했다. 이제 와 생각해보면 그날 프리랜서로서 첫발을 뗐다고 느낀다. 그때는 전혀 몰랐지만 말이다.

    그즈음 가장 힘들었던 시기는 지난 참이었다. 불안과 공황증세가 정점을 찍은 뒤 점차 잦아들며 집 밖으로 나오는 데는 성공했지만 마음을 추스르지 못하고 열패감에 빠져 있었다.

    당시엔 회사 사람들을 만나기가 힘들었다. 공황장애도 힘들었지만, 급작스럽게 회사를 나오게 된 과정이 정말 힘겨웠다. 공황장애에 대해 정확히 알지도 못했고 완전히 무너져내린 상태였기 때문에 정말이지 제대로 일을 수습할 수가 없었다.

    가장 끔찍했던 건 다시 일을 할 수 없을 것 같다는 공포심이었다. 회사라는 곳을, 조직이며 회의며 보고 절차를, 사람들과 통화하고 설득하고 일을 이끌어가는 과정을 아주 조금만 생각해도 온몸이 경직되며 가슴이 조여왔다.

그때 내가 찾아간 사람이 경주 선배였다는 사실이 지금은 좀 신기하게 여겨진다. 경주 선배는 명인일보 사람이기도 하고, 아니기도 했다. 당시 선배는 이미 이직한 후였다. 그래서 내가 선배를 만날 수 있었던 것이기도 했다.

그런데 돌이켜보면 나는 선배와의 관계에서 늘 신기함을 느꼈다. 같이 일한 건 1년 남짓이었지만 나는 이후로도 종종 연락을 했다. 그리고 선배도 내게 연락을 해오곤 했다. 그저 안부를 묻는 정도였지만 선배의 연락을 받을 때마다 어쩐지 놀랍게 여겨졌다. 선배와 이렇게 또 연락을 하네, 하는 가벼운 놀라움이 있었다. 언제든 멀어져도 이상하지 않을 인연이었기 때문에 그랬을 것이다.

경주 선배는 대기업 산하의 문화재단으로 이직했는데, 사무실은 삼청동에 있었다. 우리는 조용한 식당에서 만나 점심을 먹었다.

경주 선배는 나를 자리에 앉아 있게 하고 직접 카운터로 주문을 하러 다녀왔다.

선배가 돌아와 앉으면서 물었다.

"슬슬 다른 일을 알아보는 거야?"

"그래야겠죠. 사실 자신이 없어요, 선배. 일을 할 수 있을지 모르겠어요."

"할 수 있을 거야. 어떤 일을 할 생각인데?"

"아직 모르겠어요. 막연하게 관심 가는 건 있지만. 심리 상담 쪽을 공부해볼까 싶어요. 아니면 수능을 다시 봐서 한의사가 되든지."

그렇게 말한 다음 나는 자조적인 웃음을 터뜨렸다.

"꼭 대학생 같네요. 4학년도 아니고 1학년 신입생이 하는 말 같아요. 다 피상적인 수준의 관심이에요."

애써 덤덤하게 말을 하던 나는 결국 그날 선배 앞에서 눈물을 흘렸다.

"선배, 전 이제 아무것도 아닌 것 같아요. 지금까지 이룬 게 다 무너져버린 느낌이 들어요. 뭐가 잘못된 건지도 모르겠고, 앞으로 어떻게 살아야 할지도 모르겠어요."

경주 선배는 나를 바라보며 고개를 끄덕였다. 종업원이 다가와 음식이 담긴 넓은 그릇을 테이블에 내려놓았다. 또다른 음식이 나오는 동안 나는 감정을 추슬렀다.

선배는 내게 어서 먹으라고 말한 다음 본인도 포크를 집어 들었다. 선배는 샐러드를 씹으면서 혼자서 뭔가를 생각하는 듯했다. 이윽고 선배가 말했다.

"힘들겠지만 시간이 흐르고 나서 보면 오히려 잘된 일이라고 생각될 수도 있어. 너무 쉽게 말하는 것처럼 들리니? 하지만 나도 직업을 바꿔봤잖아. 그렇게 나쁜 일이 아니야."

"저도 그렇게 생각해요. 다만 이번엔 제대로 생각하고 결정해야 할 것 같아서요. 그래서 더 부담이 되는 것 같아요. 최선의 선택을 해야 한다는 생각 때문에요."

"그렇게 생각하면 더 어려워지지."

"전 원래 작은 선택을 하는 것도 어려워요. 옷을 고르고 식당을 결정하고 그런 일들이요."

"우유부단한 사람들이 왜 그런 줄 아니? 틀리지 않으려고 해서 그래. 뭐든 맞거나 틀리는 거라고 생각하니까. 그런 이분법적인 사고방식 때문에 우유부단함이 생기는 거래. 뭘 택하든 맞고 틀리는 것도 아니고, 옳고 그른 것도 아니야. 다른 결과를 가져올 뿐이지. 그렇게 생각하면 한

결 편해. 게다가 뭘 선택하든 보장이란 없잖아."

며칠 뒤 경주 선배는 내게 작은 일거리를 소개해주었
다. "집에서 혼자 할 수 있는 일이라 괜찮을 거야. 아르바
이트 한다고 생각해" 하고 선배는 말했다.

고전명작을 읽고 어린이용으로 요약하는 일이었다. 어
느 아동도서 출판사에서 세계문학전집을 준비하고 있는
데, 그중 한권이 내게 맡겨졌다. 처음 맡은 책은 너새니얼
호손의 『주홍 글씨』였다. 방대한 내용을 초등학교 저학년
아이들이 막힘없이 이해할 수 있게 요약하는 일은 만만치
않았다. 적은 분량 안에 줄거리를 최대한 담는 것이 가장
중요했다. 그러면서도 나는 흥미로운 대목들을 빠뜨리지
않고 실으려 애썼다.

이후 나는 『대위의 딸』『안나 카레니나』『레 미제라블』
도 맡았다. 이 작업을 하며 '일을 한다'는 생생한 감각을
다시금 느꼈던 것이 지금도 기억난다. 일감이라는 것이
마치 헤어졌다 만난 사람처럼 반가웠다.

어쩌면 아르바이트라고 생각했기에, 다시 말해 진짜 일
이라고는 생각하지 않았기에 더 즐거웠을 것이다. 나는

그 일을 하면서 오랜만에 순수한 기쁨을 느꼈다. 작은 규모의 일이었고 원하는 만큼 구석구석 정성을 쏟을 수 있다는 점도 만족스러웠다.

어느 날, 정민이 집에 왔다가 출판사에서 보낸 샘플 도서를 보고 말했다.

"어릴 때 이런 책 많이 읽었는데. 그러고 보니 이 글들을 직접 쓰고 정리한 사람이 있었겠구나. 누가 이걸 썼나 궁금해해본 적은 없었는데. 너 같은 사람이 이런 걸 했겠구나."

"그러네. 그게 바로 나야."

나는 씩 웃으며 말했다.

작가 소개와 뒤표지의 문구까지, 전부 내 손길을 거친 결과물이었다. 그러나 완성된 책에는 어디에도 내 이름이 쓰여 있지 않았다. 그 사실은 복잡한 감정을 불러일으켰다. 내 이름이 쓰인 기사를 송고할 때 느꼈던 긴장감과 중압감, 그리고 자부심에 오랫동안 익숙해져 있었기 때문이다.

'이름을 걸고 일한다.'

수습 시절부터 귀에 못이 박이도록 들은 말이었다. 그

런데 이번 일은 그와는 다른 세계에 속해 있었다. 그 순간 나는 처음으로 다른 세계의 존재를 인식했다. 쉽게 눈에 띄는 세계와 그렇지 않은 세계. 과거 내가 했던 일이 앞의 세계에 속해 있다면, 방금 마친 작업은 뒤의 세계에 속해 있었다. 그리고 아마도 훨씬 많은 사람들이 속해 있는 세계일 터였다.

이후 경주 선배는 내게 자신이 일하는 문화재단에서 발행하는 소식지에 실릴 인터뷰를 맡겼다. 학생의 마음가짐으로 돌아가 직업을 탐색해야 하는 처지인 만큼, 여러 분야의 사람들을 만날 좋은 기회라고 생각했던 게 기억난다.

소식지를 담당하는 문화재단 직원은 유능한 사람이었다. 나는 그녀와 소통하면서 인터뷰를 준비했다. 인터뷰이를 섭외하고 일정을 조율하고 인터뷰 장소를 정하는 등등의, 당시 내 입장에서는 몹시 긴장되는 일을 직접 하지 않아도 된다는 점이 만족스러웠다.

인터뷰는 대체로 화기애애했다. 돌아온 다음엔 만남을 복기하며 인터뷰이와 나눈 대화를 충실하고도 흥미롭게 담아내려고 애썼다. 이런 식으로 일들이 이어졌다.

그러나 서른두살 생일을 기념하는 저녁식사 자리에서 정민이 요즘 편안해 보인다고, 굳이 다른 직업을 찾을 필요가 있겠느냐고 물었을 때, 나는 어리둥절했다.

"무슨 소리야? 이건 직업이 아니잖아?"

내가 상당히 고지식한 사람이라는 걸, 알고 있다. 나는 정말로 어안이 벙벙했다. 지금 이때를 돌아보면, 나의 기분은 학교로 돌아가지 않아도 상관없다는 말을 들은 10대 청소년과 비슷했다.

다들 학교에 다니지 않으면 큰일 난다고 말하지만, 꼭 그런 건 아니란다.

문제는 내가 학교에 다니고 싶어하는 사람이라는 점이었다. 언제나 그랬다. 세상엔 조금 다른 길들도 존재한다는 걸 알게 되었으나, 그게 내 일처럼 여겨진 적은 없었다.

그런데 프리랜서라니. 지금처럼 살아도 된다니. 기뻐해야 할까, 슬퍼해야 할까. 한동안 혼란스러웠다.

*

　나는 지하철역을 빠져나와 마을버스를 기다렸다. 의정
부에서는 그렇지 않았는데 지상으로 올라오자 바람이 심
하게 불고 있었다. 마치 태풍처럼, 길을 걷는 사람들의 머
리카락이 사방으로 날리고 입간판이 날아갈 정도의 바람
이었다. 여기저기서 사람들이 비명을 질렀다.

　마침내 마을버스가 도착했다. 나는 일단 바람을 피할
수 있게 된 것이 다행스러웠다.

　뒤쪽 창가 자리에 앉아 밖을 내다보았다. 바깥 도로에
는 어디선가 날아온 쓰레기들이 낙엽처럼 뒹굴었다. 쓰레
기봉투가 터진 걸까 싶었다. 버스는 신호에 걸려 멈춰 있
었고, 나는 까만 비닐봉지와 종잇조각들이 소용돌이를 이
루며 공중으로 솟구쳤다가 다시 내려앉는 움직임을 쳐다
보았다. 한가운데 웅덩이처럼 모였던 쓰레기들은 이윽고
바람을 따라 한꺼번에 흩날렸다. 계속 지켜보고 있자니
쓰레기들이 마치 귀에 들리지 않는 음악에 맞춰 춤을 추
는 것처럼 보였다.

그 움직임을 바라보며, 나는 햇수를 헤아려보았다. 어느덧 프리랜서로 일한 지 3년째에 접어들었다. 어느 곳에도 속하지 않고 이대로 일을 할 수 있겠다, 굶어죽지는 않겠다고 안심은 할 정도가 되었다. 출퇴근에서 해방되면 생활이 무너지는 사람들도 있다는데, 나는 그러지 않았다. 혼자서도 성실하게 일상생활을 하고 게으름 피우지 않고 꼬박꼬박 일을 했다. 오히려 일하지 않는 시간을 보내는 게 아직도 낯설었다. 드로잉이나 우쿨렐레, 소품 만들기 등 원하면 들을 수 있는 수업이 많은데도 그게 쉽지 않았다. 내게 일보다 어려운 건 휴식이었다.

5

희성교육대학 허재원 교수가 보낸 메일은 용량이 엄청 났다. 주제별 폴더가 있었고 그 안에 기사를 스캔한 이미지들이 들어 있었다. 지난 수십년간 학보에 실린 기사들이었다.

내가 할 일은 이 기사들, 과거에서 건져 올린 '보물'을 꼼꼼히 읽고 주제별로 글을 써내는 것이었다. 각 주제는 독립적이었다. 다시 말해 전체 글이 유기적으로 연결될 필요는 없었다. 하지만 흐름은 필요할 것 같았다. 하나의 주제는 전시장에서 하나의 박스가 될 예정이었다. 박스들의 배치는 그대로 전시의 동선이 되고, 관람객들은 여는 글부터 시작해 내가 쓴 텍스트를 따라 읽으며 전시를 관람하게 될 터였다.

학내 사건을 드라이하게 취재해서 쓴 스트레이트 기사도 있었고, 칼럼이나 기고문도 많았다. 졸업해 초등학교 선생님이 된 동문의 특별기고도 있었고, 신입생이나 졸업생을 인터뷰한 글도 눈에 띄었다.

기사들을 보고 있자니 처음 기자로 일을 시작하던 때가 떠올랐다. 내가 그랬듯 그 시절 학생기자들 또한 글을 쓰는 훈련을 했을 터였다. '야마'를 잡는 연습부터 했겠지. 그 생각을 하자 빙그레 웃음이 나왔다.

갓 입사했을 때, 편집국 선배가 수습기자들을 모아놓고 '야마' 교육을 한 적이 있었다. '야마'란 해당 기사의 주제나 문제의식쯤에 해당하는 단어인데, 대체할 만한 우리말이 없어 퇴출하지 못하고 있는 일본어였다. 일본에서는 산(山)을 뜻한다고 하는데, 원뜻은 흐려졌지만 그래도 선배는 '야마' 대신 '산'이라는 말을 쓰곤 했다.

'이 기사의 산은 무엇인가.'

하나의 사안이 헤아릴 수 없이 많은 점들로 이뤄져 있

다고 할 때, 기자마다 그중 어떤 점을 의미심장한 것으로 여기는지가 다르게 마련이다. 점들을 이으면 산줄기가 되었다. 어떤 점들을 선택하느냐에 따라 산맥의 모양이 달라지는 것이다.

우리 수습기자들은 하나의 사안을 놓고 야마를 잡아 기사를 작성하는 훈련을 했다. 야마에 따라 기사의 내용은 딴판이었다. 똑같은 사건, 똑같은 현상에서 출발했지만 산줄기를 따라 생각지 못한 결론으로 나아갔다. 우리는 기사들을 놓고 이야기를 나누었다. 어떤 야마는 너무 평범하다고, 어떤 야마는 무척 신선하고 흥미롭게 여겨지며 생각지 못한 지점을 드러내는 효과가 있다고. 그런 야마는 '섹시한 야마'로 불렸다.

그러나 그때 한 동기는 조금 다른 견해를 내놓았다. 짧게 다듬은 머리에 얼굴선이 날렵하고 턱이 뾰족하던 그의 얼굴이 떠올랐다. 그의 견해에는 야마를 잡는 일 자체에 대한 근본적인 의심이 깔려 있었다. 아무리 작은 사안이라 해도 속을 들여다보면 우리가 파악할 수 없을 만큼 많은 요소들이 얽히고설켜 영향을 주고받는데, 야마란 결국 그중 일부의 점들을 연결한 선에 '불과하다'는 것이었다.

나아가 그는 어떤 야마건 간에 사안의 실체를 담아내기는커녕 복합적인 실상에서 멀어지게 만들 뿐이며, 그 점에서는 모든 야마가 마찬가지라고 주장했다. 특히 '섹시한 야마'란 어떤 면에서는 일부분만을 부각함으로써 현실을 그만큼 왜곡하기도 한다고 했다. 그는 야마에 열중하는 것은 어찌 보면 피할 수 없는 언론의 운명이겠지만, '섹시한 야마'가 중요하다고 당연하다는 듯 이야기하는 모습을 보니 씁쓸한 마음이 든다고도 했다.

그렇게 말한 동기는 1년을 채우지 못하고 회사를 그만두었다. 이후 몇년 뒤, 그가 어느 단편영화제에서 상을 받으며 감독으로 데뷔했다는 소식이 들려왔다. 영화를 봤다는 한 선배 기자에게 사람들이 어땠는지 묻자 선배가 알쏭달쏭한 얼굴로 말했다. "뭔 얘기를 하는 건지 전혀 알수가 없던데." 그 말을 듣고 나와 동기들은 서로 눈을 마주치며 웃음을 교환했다.

어쩌면 그는 야마 논쟁을 잊었을지도 모른다. 하지만 나는 이후로 종종 그의 말을 떠올렸다. 그러나 그의 견해에

일견 진실이 깔려 있다고 느끼면서도, 모든 야마가 사안의 복합적인 실체를 왜곡할 뿐이라는 주장에는 결코 동의할 수 없었다. 그런 주장에 이끌리다보면 지나친 회의주의에 발을 묶이게 되며, 어떻게든 한발 더 나아간 분석과 의견을 내놓으려는 사람들의 노력마저 깎아내릴 우려가 있었다. 애초에 사안의 진실에는 관심조차 없는, 높은 조회수만을 목적으로 하는 원색적인 기사들이 판을 치는 현실에 눈을 찌푸리게 될수록 그런 생각은 더욱 강해졌다.

모든 걸 말할 수 없고 현실을 다소간 재단하게 되더라도 그걸 감수할 만큼의 야마란 있다고, 나는 생각했다. 기자의 일은 그걸 감수할 만큼의 가치 있는 야마를 찾아내야 하는 것이기도 했다.

본인은 모르겠지만 그런 점에서 그 동기는 내게 기자의 사명감이라고 할 만한 임무를 일깨운 셈이었다. 나는 기사 한편을 송고할 때마다 돌아보곤 했다. 선입견 없이 취재에 임했는가, 좀더 밀고 나갈 수 있음에도 서둘러 결론을 내리지 않았는가, 이것이 내가 길어낼 수 있는 최선의 야마인가. 만족할 만하다는 생각이 들면 피로가 날아가는 듯했고 새로운 힘이 솟구쳤다. 그러나 그런 때는 드물었다. 기사를 송고할 때마다 나만 알고 있는 미진함이 있기 마련이었고, 그에 대해 아쉬움과 더불어 죄책감마저 느끼곤 했다.

나는 다시 한번 폴더를 하나하나 클릭해 이미지 파일들을 눈으로 훑었다. 그 시절 학생기자들도 그런 과정을 거쳐 글을 썼을 거라고 생각하니 기사 하나하나가 예사롭게 보이지 않았다. 그들이 기록할 가치가 있다고 여긴 그 시대의 작은 산맥이 기사에 담겨 있었다. 나는 50여년에 걸친 신문 기사를, 학보 한장 한장을 떠올렸다. 그중 대학 측에서 가려 뽑은 기사들이 여기 내 노트북에 들어 있었다.

기사들을 읽고, 나는 다시금 야마를 잡아 글을 써내야 한다. 마지막 주자 역할을 맡은 셈이었다. 박물관에 들어갈 마지막 이야기를 쓰는 사람. 교육대학과 전혀 관련 없는 내가 이런 중요한 일을 맡아도 될까. 이건 그들 가문의 일원이 해야 하는 일 아닐까. 다소 부담스러웠다.

하지만 실은, 자신이 있었다. 이 일이 제대로 주인을 찾아왔다는 생각이 들었다. 나보다 더 적임자인 사람을 찾기 어려울 만큼.

이 사람들, 운이 좋네.

나는 그렇게 말하며 혼자 미소 지었다.

*

이후 일주일에 걸쳐 태블릿 화면으로 200여개의 흐릿한 기사를 읽었다. 스캔해서 자른 이미지들이었다. 오래된 기사일수록 상태가 흐릿했고 세로쓰기인데다 한자가 섞여 있어 읽기가 어려웠다. 그런 것들은 이미지 파일을 여는 순간 으악, 소리가 나왔다.

나는 책상에 태블릿과 노트북을 나란히 두고 작업했다. 태블릿으로 기사를 띄워놓고, 노트북에 한글로 타이핑하는 작업부터 했다.

뜻밖에도 이 일에 정민이 도움을 주었다. 정민은 한자를 많이 알았고, 내게 가장 필요한 게 바로 한자를 잘 아는 사람이었다. 모르는 한자는 인터넷 사전 검색창에 똑같이 마우스로 그리면 알아낼 수 있었지만, 해상도가 낮은데다

획이 복잡한 한자의 경우 그마저도 불가능했다. 손가락으로 꾹 누른 듯 뭉개져 있어 따라 그릴 수도 없었다. 그럴 때는 문맥을 고려해 이리저리 궁리해보는 수밖에 없었다. 이틀이 지나도 도무지 무슨 글자인지 오리무중인 한자가 있었는데 갑자기 정민이 근무 중에 전화를 걸어와 "나 알아냈어!" 속삭이기도 했다.

정민은 대학 시절 고전문학 연구회에 속해 있었다. 좋아하는 형들과 술 마시는 게 즐거웠을 뿐이라고 했지만 군대에 다녀온 뒤에도 계속했으니 그뿐만은 아니었을 거라고 나는 생각했다. 비장의 무기처럼 꽁꽁 숨겨둔 재주가 정민에게는 한자 실력이었다. 어쨌거나 그가 공무원 시험에 응시하는 쪽으로 방향을 틀었을 때 그의 한자 실력은 큰 도움이 되었다.

눈알이 아프고 고된 작업이었지만 읽는 재미가 있었다. 글에 학생들의 육성이 살아 있었기 때문이다. 교무처장과 교수가 기사들을 보고 느꼈을 희열을 이해할 수 있었다. 풍속화를 감상하듯, 그 무렵 학생들이 어떤 고민을 하고 어떤 하루를 보냈는지 들여다보는 재미가 쏠쏠했다.

가끔 관찰력이 예리하고 글솜씨가 무척 뛰어나서 읽기만 해도 웃음이 나오는 재치 있고 활달한 글을 만나기도 했다. 이런 글을 쓴 사람은 이후로 어떤 인생을 살았을까, 궁금한 마음이 들었다. 지금도 어딘가에서 현직 교사로 일하고 있을까? 이후로는 글을 쓰지 않았을까?

까만 글자를 읽어가다보면 서서히 흑백사진처럼 어떤 장면이 머릿속에 그려졌고, 그 장면이 살아 움직였다. 가령 새벽 첫차에서 내려 경쟁하듯 흙길을 걸어 올라가는 학생들의 뒷모습. '올갠' 즉 오르간 연주실을 향한 발걸음이었다. 오르간 연주가 학생들에게는 상당히 까다로운 과업이었던 듯했다. 기사에 따르면 연습용 오르간들이 놓인 연주실이 있었지만 오르간의 개수는 학생 수에 비하면 턱없이 부족했고 그나마도 제대로 소리 나는 물건은 몇대 안 되었다. 그래서 새벽마다 제대로 소리 나는 오르간을 차지하기 위한 경쟁이 벌어졌던 것이다.

나는 남극 생활 체험기를 읽거나 소도시 마을의 문화사 기록을 읽는 것처럼 어느 정도는 탐구하는 자세로 그 글들을 읽었다.

너무 몰입하지 마. 이런 식으로 일하지 않기로 한 거잖아.

조금 우려스러운 기분이 들었다. 이 일을 얼른 처내고 다른 일로 넘어가야 해. 청첩장도 만들어야 하고 한복도 알아봐야 해. 가구 살 비용도 더 필요하고. 돈 들어갈 데가 많아. 이러고 있을 때가 아니라고.

아주 오랜만에 찾아온 감정이었기 때문에 솔직히 나 자신도 놀라웠다.

무엇 때문일까. 나는 스스로에게 물었다. 왜 이러는 거야? 학교에서 만난 사람들이 친절했기 때문에, 그 사람들이 내 마음에 들었기 때문인지도 모른다. 어쩌면 기사의 내용들이, 얼굴도 모르지만 과거 이 글을 썼던 스무살 스물한살 청년들이 마음에 들어서인지도 모른다.

이제 와 돌이켜보면 나의 열정은 결혼을 앞두고 커져가던 모종의 불안감과 관련이 있었는지도 모른다는 생각이 든다. 엄마 앞에서는 한 치의 의심도 없다는 듯 말했지만 길에서 아이를 데리고 가는 여자들의 얼굴을 볼 때면 그늘 속으로 들어선 것처럼 문득 마음이 어두워졌다. 이 무렵 동네 카페에 들어가 바깥 풍경을 바라보며 멍하니 토

스트를 씹다가 창밖으로 본 장면이 지금도 기억난다. 창
밖 가까이 한 여자가 유아차를 밀고 지나갔는데, 덮개가
내려와 있어 아이의 얼굴은 보이지 않았다. 유아차를 밀
고 있는 여자에게로 눈길을 돌렸다. 여자의 얼굴을 보는
순간 나는 흠칫 놀랐다. 유아차를 미는 여자의 얼굴은 말
할 수 없이 고단해 보였다. 생기라고는 없는, 피로가 가득
한 얼굴이었다.

앞으로의 삶이 끝없이 날리는 일의 연속처럼 여겨져 암
담할 때도 있었다. 어디선가 날아와 도로 한복판에서 춤
을 추듯 바람에 굴러다니던 쓰레기 조각들처럼, 이 바람
에 날리다가 다음 순간 불어오는 다른 바람에 실려 날리
는 삶. 그날 그렇게 갑작스레 거센 바람이 불 줄은 아무도
몰랐을 것이다. 그러지 않았다면 봉지가 터져 종잇조각들
이 도로 한복판을 굴러다니는 일은 없었을지도 모른다.
그렇게 예측할 수 없는 바람을 따라 날리고 날려 어딘가
로 향할 테지만, 그게 어디인지는 알 수 없다. 그런 게 삶
의 전부일까?

그게 전부라고, 나는 스스로에게 말했다. 그게 전부야.

어디로 날아갈지 알 수 없지만, 계속해서 날아가는 것만 생각하자고. 지금은 지금의 바람에만 신경을 집중하자고. 그것도 쉽지 않은 일이고, 사실 엄청난 일이라고 말이다.

*

금요일 저녁, 명인일보 근처의 호프집에서 입사 동기인 보라, 명훈과 만났다. 먼저 연락을 해 온 사람은 보라였다. 메시지를 확인했을 때 잠시 몸이 굳는 듯했다. 답장을 보내는 것도 쉽지 않았다. 보라의 존재는 과거의 기억을 연상시켰고, 보라와 연락하다보면 그곳과 결부된 증상들이 되살아날까봐 두려웠다. 그러면서도 한편으로는 감회에 젖는 것을 부인할 수 없었다.

보라는 경주 선배에게 내 결혼 소식을 들었다고 했다. 그간 종종 연락해보고 싶었지만 그러지 못했다고, 그녀는 미안한 마음을 표현했다. 고개를 끄덕이면서도 나는 멋쩍은 기분이 들었다. 보라를 탓할 일이 아니라는 생각이 들었기 때문이다. 연락을 하지 않은 건 나도 마찬가지였고,

무엇보다 돌이켜보면 동기들과 친분이 두텁다고 말하긴 어려웠다. 각자 일을 하느라 바쁘기도 했지만 그뿐만은 아니었다. 그 시절 나는 술자리나 친목 모임이 시간 낭비에 불과하다고 여겼다.

시간에 맞춰 호프집으로 갔을 때, 보라와 명훈은 먼저 와서 자리를 잡고 있었다.

"후배 몇명 와도 되지?"

명훈이 나를 보며 물었다.

"누군데? 내가 아는 사람들이야?"

"아니, 신입이야. 작년 하반기 공채로 들어온 애들. 이제 곧 수습기간이 끝나. 아까 나오면서 보니 몇명이 회사에 있더라고."

오랜만에 보라, 명훈과 조용히 대화를 나눌 수 있으리라 여겼던 기대가 깨져서 서운한 마음이 들었지만 나는 알겠다고 대답했다. 과거에도 이런 식으로 술자리에서 사람들이 불어나곤 했던 것이 떠올랐다. 다른 매체 기자들이나 언론계와 상관없는 사람들까지 하나둘 모여들어 인사를 나누고 격의 없이 어울리곤 했다.

얼마 지나지 않아 후배 세 명이 도착했다. 여자 둘에 남자 한 명이었다.

"인사해. 우리 입사동기였던 친구 강하얀이야."

후배들이 자기소개를 마친 뒤 보라가 나를 소개하며 덧붙였다.

"우리 중 가장 워커홀릭이었어. 공부도 많이 하고."

그러자 명훈이 말을 이었다.

"우리 기수에서 에이스였지. 말해 뭐해. 놀지도 않고 일만 하길래 나는 엄청난 야심가인 줄 알았어. 초고속 승진해서 사장이 되려고 이러나 했다니까. 그런데 하루아침에 때려치워버렸어. 우리한테 아무 말도 없이."

명훈은 내 눈을 보며 말을 맺었다. 그는 너스레를 떨면서도 할 말을 하는 성격이었다.

"분위기 왜 이래?"

내가 씩 웃으며 말했다.

"이건 꼭 장례식에서 돌아가면서 하는 말 같잖아. 나 지금 관 속에 있는 줄 알았어."

사람들이 웃음을 터뜨렸다. 그때 맞은편에서 줄곧 뭔가

말하고 싶어하는 얼굴로 타이밍을 기다리던 후배 한명이 입을 열었다. 갈색 단발머리를 한 그녀의 눈이 반짝거렸다.

"저 선배 알아요."

"박은혜 네가 얘를 어떻게 알아?"

명훈이 물었다.

"저 처음 입사했을 때, 술자리에서 지환 선배가 저한테 얘기하셨어요. 제가 그날 좀 늦게 도착했거든요. 가서 앉았더니 얘 강하얀 닮았다, 이러시더라고요. 강하얀이 걸어 들어오는 줄 알았어,라고요."

그러나 그녀는 동그란 얼굴형 말고는 외형적으로 나와 닮은 점이 거의 없어 보였다. 다른 사람들도 비슷한 의견 이었다. 둘은 그다지 닮지 않았다고 사람들이 입을 모았다.

"그러게요. 그런데 그날 이야기를 나누면서도 계속 그러셨어요. 명랑한 버전의 강하얀이네, 하고. 그래서 누구 신가 궁금해서 기사도 찾아보고 그랬어요. 18대 대선 때 여당 후보에게 돌직구 질문 던졌던 선배잖아요. 이달의 기자상도 받으셨던데요. 선배가 쓴 기사 거의 다 읽은 것 같아요. 홈페이지 프로필에 한줄 기자 소개가 뭐였더라."

곧이어 후배는 생각이 난 듯 눈을 반짝거렸다.

"'아니요, 사명감으로 일합니다'였죠."

나는 적당한 대답을 찾지 못하고 그저 웃어 보였다. 기레기라고 욕설을 보내오던 이들에 대한 대꾸였다. 매일 아침 메일 수신함을 열어보면 그런 공격이 가득 쌓여 있곤 했다.

"이거 오늘 부르기를 잘했네. 안 불렀으면 서운할 뻔했어."

명훈이 어색한 미소를 지으며 다시 너스레를 떨었다.

"오늘 하얀 선배님과는 오랜만에 만나신 거예요?"

남자 후배가 물었다. 그는 흰 터틀넥 스웨터에 검은색 코트를 입고 있었는데 태도가 지나칠 정도로 깍듯했다.

보라가 웃으며 말했다.

"응. 얘 결혼한다고 해서 오랜만에 얼굴 보자고 모였는데 아직 청첩장도 없대. 이게 무슨 상황이니?"

"아직 멀었으니까 그렇지."

내가 대답했다.

"뭐가 멀었어."

"아직 예식장도 안 정했는데 뭘. 그런데 사실 준비할 게 많지 않아. 우리는 예단 예물도 안 할 거라서. 스몰웨딩할 거야. 업체 안 끼고 간단하게 하려고. 나는 결혼식에는 별로 야심이 없나봐."

"얘가 뭘 모르네."

보라가 말했다.

"스몰웨딩이 준비가 제일 빡세. 그거 장난 아니야."

"그래? 왜?"

"하나하나 자기가 알아서 해야 하니까 그렇지. 스몰웨딩이 셀프웨딩이잖아. 예식장 꾸밀 꽃 한송이까지 직접 주문하고 챙겨야 해. 사람들이 왜 남들 하는 대로 하는데. 개성이 없어서 그런 줄 알아? 그게 제일 편하고 손 안 가니까 그런 거야. 조금이라도 다르게 하려면 다 일이야. 결혼식에 야심이 없는데 그걸 하겠다고? 그럴 리가. 실은 야심이 많은 거 아냐?"

맞은편에 앉은 후배 세 사람은 야릇한 표정을 짓고 있었다. 나와 보라가 이야기를 주고받는 동안 그들은 자기들끼리 눈빛을 마주치고 말없이 맥주잔을 입으로 가져갔다. 순간 내가 회사를 그만둔 이후 사람들 사이에 돌았다는 소문이 떠올랐다. 내가 파혼을 하게 됐다고, 그 때문에 충격을 받아 일까지 손에서 놓았다는 소문이 돌았다고 했다.

보라와 명훈도 그 소문이 떠오른 모양이었다. 잠시 테이블에 어색한 침묵이 흘렀다. 나는 말을 꺼낼까 하다 그만두었다. 이제 와서 굳이 설명할 필요까지는 없다는 생각이 들었기 때문이다.

이윽고 대화 주제는 회사에 대한 불만으로 옮겨갔다. 선배들의 이해할 수 없는 일처리 방식, 대표의 판단 등에 대한 성토가 시작되었다. 회사를 떠난 지 여러 해가 지난 내게도 여전히 익숙한 분위기였다. 회사 사람들과 술을 마시다보면 결국 어느 시점부터는 이런 분위기로 흐르곤 했다. 하지만 아직 수습기간도 마치지 않은 후배들이 벌써 이런 이야기를 하다니, 보라와 명훈이 그걸 허용하다니, 기분이 썩 좋지 않았다. 회사에 다닐 때도 그랬다는 생각이 들었다. 입사할 때 눈이 반짝반짝하던 후배들이 곧 타성에 젖고 회사 욕을 하는 모습을 목격하는 건, 따져보면 틀린 말은 아니었으나, 씁쓸한 일이었다.

성토하는 내용은 비슷했다. 진보적인 언론사임을 표방하고 그 사실에 자부심을 느끼면서도 실제 회사가 돌아가는 방식이나 사내 분위기는 후진적이라는 점이 가장 큰 주제였다. 동기들과 후배들은 '정정일'이라는 인물에 대해 한참 혹평을 쏟아냈다.

보라가 문득 생각난 듯 나를 보고 말했다.

"정지환 선배야."

"응?"

"지금 말하는 정정일이 정지환이라고."

보라가 쓴웃음을 머금고 말을 이었다.

"무슨 얘기인지 모르겠구나. 근현대사 지도자들을 입체적으로 조명하는 프로젝트가 생겼는데 지환 선배가 팀장이거든. 프로젝트 첫번째 인물이 김정일이야. 선배 평생의 관심사례. 그런데 팀원들이 뒤에서 자기들끼리 선배를 정정일이라고 불러."

"둘이 똑같아요. 독재자인 점이요. 원래 비슷한 사람들끼리 서로 끌리잖아요."

긴 머리에 얼굴이 자그마한 후배가 신랄한 표정으로 말했다.

"무슨 소리야? 그럼 지환 선배가 사회부 팀장 아니야?"

내가 보라를 보며 물었다.

"아니야. 아닌 지 오래됐지. 모르는구나. 너 나간 이후로 난리 한번 났었어. 우리 아래 아래 기수 후배들 거의 다 퇴사하고, 나랑 명훈이 뒷수습 다 했었잖아. 대응팀까지 꾸리고 난리였는데, 벌써 옛날 일 같다. 이후로는 팀원 없이 팀장 하다가 이번에 후배 몇명 배정받았어."

보라는 작게 한숨을 쉬더니 후배들을 보며 말했다.

"지환 선배 지금 진짜 많이 나아진 거야. 하얀도 지환 선배 때문에 많이 시달렸었지."

"많이 나아졌어?"

나는 보라를 향해 물었다.

"뭐, 다시 태어난 게 아닌데 사람이야 안 바뀌지. 그래도 전보다는 유해졌어."

그때 명훈이 끼어들었다.

"사람이 바뀌었다기보다 이렇게 하면 큰일 나는구나

알게 된 거지."

"응. 그래서 조심은 해. 예전에는 조심도 안 했잖아."

보라가 말했다. 나는 천천히 고개를 끄덕이다 입을 열었다.

"이제는 조심하는구나. 그게 바뀐 거지."

"난리를 치니까 바뀌는 거야."

명훈이 내 눈을 보며 말했다.

"가만히 있기만 하면 절대로 안 바뀐다고."

보라가 벨을 눌러 술을 더 주문했다.

"한잔 더 드시겠어요?"

남자 후배가 두 손으로 내 잔을 가리키며 물었다.

"아니에요."

"속도가 느리네. 예전에는 술 많이 마시지 않았어?"

보라가 의아하다는 듯 물었다. 그러자 옆에서 명훈이 끼어들었다.

"얘가 무슨 술을 마셔."

"아냐. 술자리에 자주 나오진 않았지만 술은 좋아했어. 오면 많이 마셨던 것 같은데."

"이제 거의 끊었어."

내가 대답했다.

"가끔 한잔씩만 마셔. 오늘 이렇게 마신 것도 정말 오랜만이야. 몸 생각을 해야지."

그렇게 말하고 나는 빙긋 웃었다. 그러자 남자 후배가 고개를 좌우로 흔들며 말했다.

"저도 술을 좀 줄여야 할 것 같아요. 요즘 목이 좀 조이는 느낌이 들어요."

"네가 목티를 입고 다니니까 그런 거 아냐."

명훈이 핀잔을 주자 모두 큰 소리로 웃음을 터뜨렸다. 후배가 항변했다.

"이거 목티 아니거든요. 요즘 누가 목티라는 말을 쓰나요. 터틀넥이에요."

"그게 그거잖아."

사람들은 다시 한번 웃었다.

"목이 어떻게 조이는데요?"

내가 물었다.

"숨이 잘 안 쉬어지는 느낌입니다. 가끔 목구멍에 뭐가 박힌 것처럼 이물감이 느껴질 때도 있었는데 그건 괜찮아진 것 같고요. 병원에 가서 사진도 다 찍어보고 했는데 문제가 있는 건 아니라고 했어요."

"혹시 스트레스 받으면 심해지지 않아요? 잠을 잘 못 잤을 때나."

"어, 맞아요."

"그거 공황장애 초기 증상일 수 있어요."

내가 말했다.

"저도 그랬거든요. 저는 가슴 쪽이 너무 답답해서 심근경색이나 협심증 같은 건 줄 알았어요. 가슴을 쥐어뜯을 정도로 답답했는데, 그러다 말고 그러다 말고 하다가 어느 날 공황발작이 심하게 왔어요. 실은 제가 회사를 급하게 그만둔 이유가 공황 때문이었어요, 다른 이유가 아니라. 대선 취재를 하면서 기자로서 주목도 받았지만 그만큼 많이 시달렸고 마음고생도 심했는데 그게 한꺼번에 터진 것 같기도 해요. 그땐 증세가 너무 심각해서 주변에 알리거나 인수인계를 할 틈이 없었어요."

나는 담담하게 말을 마쳤다. 다들 놀란 듯 아무런 말을 하지 않았다. 사람들의 얼굴이 심각해 보여서 나는 서둘러 덧붙였다.

"이젠 괜찮아요. 많이 좋아졌으니까 다들 얼굴 좀 펴요."

남자 후배가 조심스레 입을 열었다.

"저희는 사실, 파혼이라는 얘기를 언뜻 들었거든요. 어디서 누구한테 들었는지는 기억이 안 나지만요."

나는 알고 있다는 뜻으로 그를 보며 고개를 끄덕였다. 한동안 가만히 있다가 나는 입을 열었다.

"그런 얘기를 듣긴 했어요. 하지만 어떻게 나온 얘기인지는 모르겠어요. 전혀 감이 안 잡혀요."

"저희는 정말 그런 줄 알았어요. 그래서 하던 일 다 팽개치고 그만두신 줄 알았어요."

박은혜가 말했다.

"제 잘못이에요. 동기들한테도 말하지 않았거든요. 이친구들도 몰랐을 거예요."

나는 명훈과 보라를 흘긋 보며 말했다.

"나중에 듣긴 들었어. 당시엔 몰랐어."

명훈이 말했다. 보라도 나와 눈길을 맞추고 고개를 끄

덕였다.

박은혜가 조심스럽게 물었다.

"퇴사 이유를 아무한테도 얘기 안 하신 거예요?"

"지환 선배한테 보고했죠. 팀장이었거든요. 하지만 회사에 나갈 수 없다, 아무것도 할 수 없는 상태다, 전화를 받기도 힘들다라는 얘기에 굉장히 화를 냈죠. 조직에 이런 식으로 피해를 끼치면 어떻게 하느냐고요. 끝이 너무 좋지 않았어요."

"그렇다면, 너무한 거 아닌가요?"

가만히 듣고 있던 긴 머리가 불쑥 끼어들었다. 단호한 목소리에 나는 깜짝 놀랐다. 긴 머리가 분개한 어투로 말을 이었다.

"그런 경우라면 공황장애도 산재 아닌가요? 재주는 곰이 부리고 돈은 왕서방이 받는다고, 단물만 빼먹고 버린 거네요. 오늘 선배들이 말한 것만 들어봐도 에이스였고 정말 열심히 일하셨다면서요."

그 말을 듣고 나는 바로 대꾸하지 못했다. 오늘 이런 대화를 나누게 될 거라고는, 이런 말을 듣게 될 거라고는 전혀 예상하지 못했다. 처음 만난 후배에게 그 말을 들으며 나는 가슴이 뜨거운 꼬챙이로 찔리는 것 같았다. 꼬챙이가 빠져나간 뒤에도 가슴 한쪽이 계속 뜨겁고 얼얼했다.

나는 마음속으로 긴 머리 후배에게 '투덜이'라는 별명을 붙여놓고 있었다. 회사 이야기가 나올 때마다 시종일관 냉소적인 어투로 신랄한 불평을 늘어놓았기 때문이다. 그 외에는 말이 없어서 조용한 친구라고 여겼는데 정의심이 넘치는 캐릭터인가, 하는 생각이 들었다.

투덜이가 분개한 표정으로 물었다.

"선배도 지환 선배랑 갈등이 있으셨던 거예요?"

"다들 그랬죠, 뭐."

부담스러운 기분이 들어 나는 얼버무렸다. 어색한 미소를 지으며 맥주잔 손잡이를 만지작거리는데, 옆에서 명훈의 눈길이 느껴졌다. 회사에 다닐 때, 그는 내가 지환 선배에게 잘 보이려 한다고 생각했다. 못마땅해했던 기억이 떠올랐다. 명훈이 지환 선배에게 공공연하게 반기를 들때 나는 명훈의 편을 들어준 적이 없었다. 지환 선배는 독선적이고 문제가 많은 사람이었지만 배울 점도 있다고 생각했다.

　그때는 정말로 그렇게 생각했다. 지환 선배는 산전수전을 겪으며 잔뼈가 굵어진 옛날식 기자였다. 그 막힘없고 거칠 것 없는 모습, 작은 골칫거리에 사로잡히지 않는 점이 내게는 대단해 보였다. 지환 선배처럼 되어야 한다고까지 생각한 건 아니었다. 돌이켜보면 나는 남몰래 나의 우유부단함, 소심함을 고쳐야 할 문제점이라고 여기고 있었기 때문에 그의 강점이 더욱 굉장하게 보였던 것 같다. 그의 독선, 폭력적인 면을 감지하지 못한 건 아니었는데도 그랬다. 그의 눈에 들고 싶었고, 실제로 어느 정도는 들기도 했다. 지금 명훈의 눈에는 그렇게 아첨해놓고 이제 와서 갈등이 있었던 척한다고 보일 수도 있겠다는 생각이 들었다.

　나는 천천히 말을 이었다.

　"그렇게 회사를 나오고 나니 어쩔 수 없이 스스로를 돌아보게 되더라고요. 이제 와서 소용없는 일이지만, 후회되는 점들도 많아요."

　나는 씁쓸하게 미소 지으며 말했다. 이후 술자리의 대

화 주제는 자기가 아는 공황장애 케이스로 옮겨갔다. 나는 보이지 않는 병과 더불어 살아가는 사람이 나뿐만은 아니라는 걸 새삼 실감했다. 다들 한 다리 건너면 공황장애를 앓는 지인이 있는 모양이었다.

"다들 스트레스를 많이 받고 사니까."

보라가 한숨을 쉬며 말했다.

그러다 다시 대화는 회사 성토로 흘러갔다. 이렇게 회사 욕을 늘어놓은 다음 어떻게 출근해서 일을 할 마음이 생길까 싶을 지경이었다. 그러나 다음 순간 나는 깨달았다. 성토대회를 한사코 피했던 나는 오히려 회사를 떠났고, 동기들은 마음속 불만을 여과 없이 쏟아내며 10년째 일하고 있다는 사실을. 이 사람들은 이렇게 툭툭 털고 일어나 내일 아침 다시 회사로 향할 터였다.

술자리는 자정이 다 되어서야 끝났다. 명훈과 보라, 그리고 세 사람의 후배는 내 결혼식에 꼭 참석하겠다고 약속했다. 우리는 인사를 나누고 각자 밤거리로 흩어졌다.

그들과 헤어져 돌아오는 길, 나는 복잡한 심경이었다. 소화해야 할 감정들이 마음속에서 덩어리째 둥둥 떠다니고 있었다.

긴 머리 후배가 두 눈동자로 나를 똑바로 보며 했던 말을 떠올렸다. 아직도 가슴 한쪽에 얼얼함이 남아 있었다. 후배의 말을 듣는 순간에야 나는 알 수 있었다. 조직에서 버림받았다는 생각이 오래도록 나를 괴롭혀왔다는 걸. 갑작스러운 공황장애도 힘겨웠지만, 회사를 나오는 과정에서 이해받지 못하고 책임감 없는 인간으로 취급받은 일, 도망치듯 그곳을 나온 일이 그에 못지않은 깊은 상처를 남겼다는 것을.

하지만 어쩌면 조직에서 버림받은 건 아닐지도 모른다. 그런 생각이 들었다. 내가 사정을 털어놓았던 사람은 지환 선배였을 뿐, 그는 조직 전체가 아니었다.

그래도 여전히 마음이 아팠다. 회사 사람들과의 만남은 과거의 기억을 불러일으켰다. 그리고 그 기억 속에는 내 모습도 있었다. 잊고 있던 과거의 내 모습.

그 시간들은 모두 어디로 간 것일까. 그때의 열정이 소득 없이 흩어져버렸다고 생각하면 마음이 아팠다. 아무런 의미도 없었다고 생각하고 싶지는 않았다. 떠오르는 괴로

운 기억들에도 불구하고 성취감을 느끼는 순간들이 있었
으니까.

그래, 열심히 일했었어. 내가 알지. 나는 어린아이를 안
고 어르듯, 아픈 마음을 달랬다.

6

희성교육대학 일은 서서히 진행되었다. 반세기에 걸친 기사들을 읽고 있으니 세상이 달라지는 것이 확연히 보였다. 과거에서 현재에 이르는 변화가 색깔이 달라지듯 선명하게 눈에 들어왔다.

한때 사람들이 어떤 직업을 높이 평가했고 어떤 직업은 선호하지 않았는지, 그게 지금 우리 시대와 얼마나 다른지 살펴보는 일도 흥미로웠다. 1960~70년대 기사들에서 학생들은 교육대학 학생이라는 자신들의 위치를 냉소적으로 바라보았다. 50여 년 만에 사회가 완전히 뒤바뀐 것이다.

나는 한번도 교육대학에 대해서, 교육대학에 다니는 학생들의 삶에 대해서 생각해본 일이 없었다. 그래서 더욱 흥미로웠다.

밸런타인데이 전날은 월요일이었다. 그날 나는 '학내 민주화운동' 카테고리로 넘어갔다. 학내 투쟁사는 꼭 포함했으면 한다고, 미팅하던 날 허재원 교수는 말했었다.

"괜찮겠지요, 처장님?"

그러자 교무처장이 의미심장한 얼굴로 고개를 끄덕이던 것이 떠올랐다.

"그래요. 우리 학생들이 알아야지."

나는 희성교대의 학내 민주화가 어떤 과정을 거쳤는지, 중요한 사건들은 무엇인지 숙지했다. 사회의 민주화를 요구하는 투쟁과 학생들의 생활공간인 학교의 민주화를 요구하는 투쟁은 서로 긴밀하게 연결되어 있었다.

이 이야기를 어디서부터 풀어가야 할까, 고민이 되었다. 시기순으로 사건을 정리해 살펴보았다. 서두에서는 아무래도 하나의 죽음을 다뤄야 할 듯했다. 나는 한 학생의 죽음을 다룬 기사를 화면에 띄웠다.

1986년 12월, 희성교대 3학년생이던 최영희가 암울한 시대를 비관한 나머지 하숙방에서 스스로 목숨을 끊었다고 쓰여 있었다. 6월 민주화항쟁이 일어나기 반년 전이었는데, 죽음의 맥락은 모호했다. 전두환 정권 말기, 가장 엄혹하던 시기였다.

학교 측에서 전해준 기사에 따르면 당시 희성교대에는 학생운동이라고 할 만한 움직임이 없었던 듯했다. 그래서 최영희의 죽음을 둘러싼 맥락을 파악하기가 어려웠다. 희성교대는 서울에서 두세시간가량 떨어진 위치 탓에 서울에서 벌어지는 일들에 직접적인 영향을 받지 않았고, 당시 학장이던 양범일은 서클활동을 완전히 금지하는 등 강압적인 학내 분위기를 조성해 학생들을 꽉 틀어쥐고 있었다.

희성교대에서 처음으로 학내 민주화를 촉구하는 대규모 시위가 벌어진 시기는 6월항쟁 때였다. 전국 도시의 거리가 들끓어 올랐을 때 희성교대 학생들도 비로소 교실을 박차고 나왔다. 한 기사는 이렇게 말했다. "그전까지 온순한 줄만 알았던 학우들의 내면에 이토록 뜨거운 분노가

끓고 있었던가." 학생들은 학장 퇴진 등을 요구하며 학장
실을 점거하는 등 강도 높은 시위를 벌였고, 개교 이래 처
음으로 휴교령이 내려졌다.

대통령직선제를 담은 역사적인 개헌이 진행되는 동안,
희성교대에서도 어용 학장 양범일이 물러났다. 학원민주
화의 바람을 타고 학칙 개정이 시작되자 희성교대 당국은
학생을 탄압하는 데 근거가 되었던 일부 독소조항을 삭제
했다. 그러나 1989년 들어 사회의 분위기는 달라졌고 엎친
데 덮친 격으로 희성교대에서는 학장의 건강이 급작스럽
게 악화되면서 1989년 2월, 신학기를 앞두고 양범일 학장
이 다시 부임하는 놀라운 일이 벌어졌다.

3월, 희성교대 총학생회는 이에 반발해 학장 퇴진, 학생
회칙의 개정 등을 요구하며 학내 민주화 투쟁을 전개했
다. 3월 28일, 시위 중 4학년생 오은석이 학생회관 옥상에
서 분신하는 일이 벌어졌다. 이를 계기로 시위는 걷잡을
수 없이 격렬해졌다.

한달 뒤, 신임 학장의 취임식을 스케치한 기사에는 학
생들, 교수들과 소통하는 협의체를 만들어 학내 민주화를

강하게 추진하겠다는 취임사의 내용이 담겨 있었다.

*

그날 오후, 허재원 교수에게 전화가 걸려왔다. 몇차례 메일을 주고받았지만 통화를 하는 것은 처음이었다.

그는 동문회를 통해 기증받은 자료들이 역시나 신통치 않다고 말하면서 작게 웃음을 터뜨렸다. 그러고는 내게 작업은 어떻게 되어가고 있는지 물었다.

"기사를 읽으면서 흐름을 파악하고 있어요. 기사들이 퍼즐 조각 같아요. 음, 전체 퍼즐에서 일부 조각들만 저한테 있는 느낌이랄까요. 그걸 이리저리 맞추면서 큰 그림을 추측해보는 중이에요."

"그런 느낌이군요. 그런 식으로 생각해보진 못했는데. 하얀 선생님은 외부인이니 어려운 점이 있을 거라는 생각은 들었어요. 저희한테는 익숙한 것도 선생님에겐 그렇지 않을 테니까요. 의문 나는 점이 있으면 언제든 물어보셔도 됩니다."

"투쟁사를 살펴보고 있었어요. 지난 미팅 때, 저희가 오은석 열사 흉상 앞에서 만났잖아요. 그때 희성교대에서 자결한 분이 두분이라고 하셨는데, 그중 한명이 최영희가 맞나요?"

"네, 맞습니다."

"그런데 최영희 열사는 정보가 부족해요. 언급된 기사도 두개뿐이고요. 포털에는 전혀 정보가 없네요. 교내에 최영희 열사의 흉상이나 추모비가 있나요?"

"없습니다. 그리고 엄밀히 말하면 최영희 열사가 아니라 최영희 학형이 맞습니다. 최영희 학형은 열사 칭호는 받지 못했거든요."

"아, 그래요?"

"최영희 학형의 경우 하숙방에서 혼자 돌아가셨기 때문에 당시에는 죽음이 알려지지 않았다고 알고 있습니다. 다행히 6월항쟁 이후에 유서와 일기가 공개되면서 죽음이 재조명되고 기록으로 남게 되었죠. 그러지 않았다면 죽음 자체가 완전히 묻혔을 거예요."

"죽음이 재조명되었는데 어째서 열사라고 불리지는 못

했을까요?"

허재원 교수는 수화기 너머에서 잠시 대답을 생각해보는 듯했다. 이윽고 그가 입을 열었다.

"갑자기 대답하려니 정확히 생각나지는 않는데요. 우선 최영희 학형은 소위 운동에 참여하던 학생이 아니었습니다. 유서를 남겼지만 거기에도 정권에 항의하는 뜻으로 죽는다거나 하는 말을 쓰지 않아서 의미를 부여하기가 어려웠던 게 아닐까 싶어요. 오히려 스스로의 죽음을 비겁한 것으로 부끄럽게 여기는 문구가 있었을 거예요."

"그렇군요. 기사들을 살펴봐도 6월항쟁 이전에 희성교대는 조용했던 것 같아요."

"맞습니다. 운동권이라 할 만한 뚜렷한 조직은 없었어요. 학생들이 산발적으로 집회에 나갔을지는 몰라도요. 나중에는 학회나 서클도 봉쇄됐을 거예요. 그렇게 보면 사실 특이한 죽음이긴 합니다. 아마 그 시기에 자결한 대학생 열사는 전국적으로도 몇명 되지 않을 거예요. 정보가 더 있다면 좋을 텐데, 안타깝지만 최영희 학형에 대한 자료는 전달해드린 게 다입니다."

"그렇군요. 전시글을 작성하는 게 생각보다 어렵네요. 기사 내용을 파악하고 요약 정리하면 될 줄 알았는데 배경지식이 많이 필요하네요. 너무 어깨가 무거운 일을 맡기셨어요."

교수는 나의 고충에 공감한다는 듯 웃음 섞인 탄식 소리를 냈다. 교수는 잠시 말이 없더니 일을 덜어주려는 듯 말했다.

"학내 민주화운동의 역사를 다루는 것이니까 최영희 학형의 경우는 굳이 포함하지는 않아도 될 것 같습니다. 지금 최영희 학형을 기억하는 사람은 거의 없어요. 희성 교대의 학내 민주화운동은 1987년 6월에 점화됐고 이후 오은석 열사의 죽음이 기폭제가 되어 엄청난 투쟁으로 이어졌습니다. 그 결과 많은 합의를 이끌어냈고요. 그런 식으로 정리해주시면 될 것 같습니다."

"네. 그럴게요."

"3월 말 마감은 가능할까요?"

"그때까지는 끝내야죠. 이제 본격적으로 전시글을 작성하려고요. 혹시 제가 참고할 만한 것이 더 있을까요? 자료라거나 장소라거나."

"북촌에 서울교육박물관이 있어요. 거기 한번 가보셔도 좋을 것 같아요. 교육의 역사를 다뤘다는 점이 우리 전시와 비슷하거든요. 물론 바쁘시겠지만, 혹시 시간이 되신다면요."

전화를 끊고 나는 자리에서 일어났다. 포트에 물을 올린 다음 티백을 찻잔에 넣었다. 곧 물이 끓었다. 뜨거운 머그잔을 들고 다시 노트북 앞에 앉아 최영희의 유서가 실린 부분을 확대했다.

〈유서〉

하루하루 죄가 쌓여간다. 이 암울한 시대에 가만히 있는 것은 방관의 죄이므로.

억압당하는 이들의 편에 서지 못하는 나.

굴종과 무기력. 어느덧 익숙해지는 나 자신이 역겹다.

결국 시대보다 역겨운 것은 나의 위선과 이기심 아닌가.

더는 나약함을 감당할 수 없어 먼저 떠납니다. 불효

를 용서해주세요.

최영희의 유서는 어딘가 특이했다. 처음에 나는 그 이유를 알지 못했다. 어째서 이 짧은 글이 특이하게 여겨지는지를. 이윽고 그녀의 유서가 낯설게 느껴지는 것은 당시 글들과의 차이 때문이라는 걸 깨달았다. 신문 속 당시 학생들의 글은 누가 썼는지 구별되지 않을 만큼 비슷했다. 집회에서 단체로 외치는 구호 같았는데, 내용뿐 아니라 개탄하고 부르짖는 어조마저도 그랬다. 그러나 최영희의 유서는 개인적이었다. 일인칭의 목소리가 들린다는 점에서 낯설게 여겨졌던 것이다. 다른 이들의 각성을 촉구하지 않고 자신을 탓하며 죽어갔다는 점도 독특했다.

기사에는 유서와 함께 일기, 추모의 글이 실려 있었다. 출생 연도와 출생지 등을 기록한 짤막한 약력도 있었다. 가난한 집안의 무남독녀로, 전세계를 누비는 외교관을 꿈꾸었으나 부모님의 뜻에 따라 고향집에서 가까운 교대에 진학했다는 구절이 눈에 들어왔다.

이 학생은 왜 목숨을 끊은 걸까. 어쩌다 하숙방에서 고

독하게 죽음을 택한 걸까. 궁금증을 가지고 다시금 추모의 글을 읽어내려갔다.

추모의 글을 작성한 이는 최영희의 친구였다. 친구는 최영희에 대해 내성적이면서도 명랑한 사람이었다고, 사람들이 모일 때면 분위기를 밝게 해주는 햇살 같은 이였으나 간혹 내면의 단단함과 고집이 엿보였다고 적었다.

'영희가 죽었다는 소식을 듣고 급히 병원으로 갔다. 불과 이틀 전 영희를 만났던 것이 떠올랐다. 정말이지 죽음의 기미는 전혀 보이지 않았다.'

1학년 때 학회 활동에 활발하게 참여했고 몇차례 시위에도 가담한 일이 있었지만 학회가 봉쇄되면서 최영희는 학과 공부에 전념했다고 했다. 서울에서 벌어지는 일들을 전해 듣고 울며 이야기하곤 했지만 설마 목숨을 끊을 줄은 상상도 하지 못했다고 친구는 쓰고 있었다. 열심히 공부하는 모범생이었고 언제나 고향에 계신 부모님을 걱정했기 때문이었다.

영희의 내면에서 이토록 갈등이 곪아 썩어가고 있었는데도 알아차리지 못했던 점을 자책하며 친구는 마지막을 이렇게 맺었다. 영희가 이도 저도 택하지 못하는 상황 속에서 괴로워하다 잘못된 길을 가고 말았다고.

이번에는 일기가 실린 부분을 찾았다. 확대해서 한줄 한줄 손으로 짚어가자 스치듯 훑던 때는 보이지 않던 대목이 눈에 들어왔다. 1986년 가을의 일기에서 최영희는 예비교육자로서의 양심을 말하고 있었다. 양심. 오랜만에 보는 단어였다.

최영희는 마음 맞는 사람들과 어울려 이야기 나눌 기회가 사라져 외롭다고 적었다. '특히 오늘은 ○○선배가 그립다.' ○○선배는 시위를 하다 구류를 살고 나온 이후 무기정학 조치를 당한 듯했다. '교사가 되는 날만을 기다려 온 선배는 이제 어떻게 살아가야 할까. 학교에 남아 있는 것이 굴종의 증거인 시대. 올바르게 살아간다는 것이 참말 힘들다. 용기가 없는 나는 왜 이런 시대에 태어난 것인가.'
일기에는 교생실습을 다녀온 날의 기록도 있었다.
'……65명의 눈동자가 나를 향하던 순간 전류처럼 찌르르함이 온몸을 훑고 지나갔다. 오호라, 내가 이 아이들을 가르치기 위해서 그렇게 종종거리며 올갠을 연습하고 바느질을 연습했구나 알 수 있었다. 그 총총한 눈빛을 절대로 잊지 않으리.'

그러나 죽기 보름 전, 마지막 일기에서 최영희는 이렇게 썼다. 이 암담한 시기에 침묵하고 굴종한 사람이 어떻게 훗날 교단에 서서 어린 학생들의 티 없는 눈을 마주 볼 수 있겠느냐고. 알 수 없는 누군가를 향해 그녀는 묻고 있었다. 교육자란 옳은 걸 옳다고 가르치고, 그른 걸 그르다고 가르치는 사람들 아니냐고.

흐릿한 화질의 글씨를 한자 한자 읽어나가다가, 나 역시 일기 속 그녀처럼 찌르르함이 내 몸을 훑고 내려가는 걸 느꼈다. 눈꺼풀 안쪽이 뜨거워지면서 눈물이 고였다. 나는 작게 한숨을 토해냈다. 이 사람은 가르치는 일을 이렇게까지 진지하게 생각했구나.

*

다음 날 저녁 정민과 식당에 갔을 때 최영희에 대해 이야기했다. 전두환 정권 말기, 굴종과 무기력을 견디지 못하겠다며 음독자살한 학생이 있다고.

나는 정민을 보며 물었다.

"그런 이유로도 사람이 자기 목숨을 버릴 수 있을까?"

정민은 어리둥절한 기색이었지만 내 말을 경청했다. 나는 말을 이어갔다.

"그 시기 기사를 보면 죄다 가치에 대해서만 이야기해. 정의가 뭔지, 올바르게 산다는 게 뭔지. 불과 30년 전인데 그때는 대학생들이 이랬다는 게 믿기지가 않아. 다른 세상 같아."

"이제 그런 세상이 아니어서 다행인 거 아닌가?"

정민이 아직도 어리둥절함이 남아 있는 얼굴로 씩 웃으며 말했다.

그의 말은 나를 위로 밀어 올려주는 것 같았다. 가끔 정민이 이런 말을 할 때, 그에게는 나에게 없는 균형감각이 있다는 느낌이 들었다.

나는 고개를 끄덕거리다가 입을 열었다. 민주화운동 시기 대학생들은 여러 정체성을 가지고 투쟁에 뛰어들었는데, 교대생의 경우엔 예비 교육자라는 자기인식이 하나 더 있는 점이 흥미롭게 느껴진다고 말했다.

"나는 나중에 아이들을 가르칠 사람이라는 생각 말이야. 적어도 최영희에게는 그게 중요했던 것 같아. 그래서 더 괴로웠던 것 같아. 지금 침묵한다면 나중에 학생들을 가르칠 수 있겠지만 지금 침묵하는 사람이라면 학생들을 가르칠 수 없는 사람인 게 아닐까, 하는 생각 때문에."

정민은 아무런 대답을 하지 않았다. 그 점에 대해 생각해보는 것 같았다. 내가 말을 이었다.

"하지만 선생님으로 살 수 있었다면 더 좋지 않았을까. 너무 안타까워. 분명 훌륭한 교육자가 되었을 텐데. 많은 학생들에게 도움을 주었을 텐데. 그게 그녀에게도 학생들에게도 좋은 일이 아니었을까."

그러면서도 나는 생각했다. 그럴 수 없는 사람이었으니 그런 길을 택했을 거라고 말이다.

정민이 물었다.

"그 사람이 죽은 게 언제라고?"

"1986년 12월."

"그때도 대학생이 자살을 했어? 그땐 학생들이 맞아 죽고 고문당해 죽던 때 아냐? 6월항쟁의 발단이 된 게 박종철 고문치사 사건이잖아."

나는 고개를 끄덕였다. 잠시 침묵이 흘렀다. 나는 추모의 글 마지막 부분을 떠올렸다. 최영희가 잘못된 길을 가고 말았다고 했던 것 말이다. 그게 끝인가. 그렇게 규정해버려도 되는 걸까. 마치 최영희에 대한 최후의 평가라도 되는 것처럼, 그 표현이 내 마음에 걸려 있었다. 내가 입을 열었다.

"왜 열사라고 불리지 못했는지 이해는 돼. 후배 오은석은 백두에서 한라까지, 모든 백성이여, 역사 앞에 부끄럽지 않은 인간이 되자,라는 유서를 남기고 학교 안에서 분신했거든. 그에 비하면 너무나 소극적인 죽음이지. 죽으면서도 정권을 욕하기보다 자기 자신을 비난했으니까."

정민은 이제 고개를 숙이고 그릇에 남은 음식을 먹고 있었다. 나는 그 모습을 지켜보며 말했다.

"하지만 아무래도 마음이 좋지 않아. 열사 칭호는커녕 학교 안에 추모비조차 없고 이제는 동문들에게도 잊힌 사람이 되었다는 게 말이야."

문득 1997년의 특집기사가 떠올랐다. 6월항쟁 10주년을 기념해 학생기자들이 오은석 열사의 가족을 인터뷰한 내용이 실려 있었다. 그런데 시골에서 농사를 짓는다는 최영희 학형의 부모님은 수소문해보았지만 연락이 닿지 않았다고 쓰여 있었다.

"누구보다 교육자로서 정체성이 강했던 사람인데. 학교의 역사를 기념하는 전시회라면 포함되어야 한다고 생각해."

정민은 아무런 말도 하지 않았다. 나는 정민을 흘긋 쳐다봤다. 그는 나를 빤히 바라보고 있었다.

"왜 그래?"

내가 물었다.

"아냐."

그러나 그는 딱딱한 표정을 풀지 않았다. 이윽고 정민이 말했다.

"밸런타인데이에 연인이 주고받는 대화치고는 너무 무거운 감이 있어서."

나는 작게 웃음을 터뜨린 다음 서둘러 미안하다고 사과했다. 정민은 입에 음식을 담은 채로 말했다.

"대충 해. 그 전시 일 말이야. 언제까지 붙들고 있을 거야? 다른 일도 맡게 됐다고 하지 않았어?"

나는 한숨을 내쉬었다.

"응. 얼른 해야지."

확신 없이, 나는 대답했다.

*

그러나 다음 날 아침, 나는 다시 책상 앞에 앉아 최영희의 유서와 일기를 읽고 있었다. 문득 전화 통화에서 허재원 교수가 했던 말이 떠올랐다. 6월항쟁 이전 시기에 자살한 대학생 열사의 수가 얼마 되지 않는다는 말이었다.

나는 기사들을 띄워둔 창을 닫고 인터넷에 접속했다. 희성교대 밖으로 시선을 돌려 그 시기의 자료들을 찾아보기 시작했다.

얼마 안 가 나는 몇가지 사실을 알아냈다. '민족민주열사·희생자추모(기념)단체연대회의'라는 단체가 있고, 이곳에서 매년 6월이면 통일운동과 민주화운동을 하다 목숨을 잃은 열사들의 넋을 기리는 합동추모제를 거행했다. 1987년 6월항쟁 이전에 자결한 대학생 열사들의 명단을 살펴보았다.

나는 한명 한명의 이름을 검색창에 입력했다. 그들이 어떤 인물이었는지, 어떤 상황에서 죽음을 결단했는지 살펴보았다. 그들이 남긴 유서도 읽었다. 그러다 나는 깜짝 놀랐다. 나는 지금껏 최영희가 저항운동 과정에서 자결한 것이 아니기 때문에, 그리고 유서에도 저항의 뜻을 표하지 않았기 때문에 열사로 추모될 수 없었다고 여기고 있었다. 그러나 대학생 열사들이 세상과 관계를 맺고 있던 방식은 일률적이지 않았다. 유서도 마찬가지였다. 최영희처럼 자책의 감정이 포함된 유서들이 있었으며 특히 여학생 열사들의 경우에 그런 정조가 두드러졌다.

그렇다면 최영희도 열사가 될 수 있는 게 아닐까.

그렇게 생각하자 갑자기 심장이 쿵쿵 뛰었다.

지금껏 누구도 최영희라는 인물을 조명하고 그녀의 삶

과 죽음의 의미를 공식화하는 작업을 하지 않았을 뿐이었다. 유서와 일기장이 남아 있고, 그에 더해 가까웠던 친구가 쓴 추모의 글까지 있으니 이 정도면 열사 호명 작업이 가능하지 않을까.

갑자기 머릿속이 분주해졌다. 잊혔던 한 인물이 발굴되고, 그녀에게 열사 호칭이 부여된다. 이건 희성교대에도 중대한 사건이 될 터였다. 최영희라는 이름 세 글자가 합동추모 명단에 포함되고, 다가오는 6월 합동추모제에서 그녀의 이름이 불리는 장면이 그려졌다. 희성교대 캠퍼스에도 흉상이 세워질 것이다.

그러나 이후 열사 호명과 추모를 둘러싼 세계를 들여다보면서 그 생각은 곧 스러졌다. 나는 연구자들이 남긴 자료를 읽으며 나의 흥분이 얼마나 성급한 것이었는지 깨달았다. 1980년대 중반, 어느 대학의 철학과에 다니던 한 학생이 비슷한 정조의 유서를 남기고 자살한 일이 있었는데, 후대 학생회에서 열사로 기리고 있으나 합동추모 명단에는 포함되어 있지 않다는 대목을 발견하고 나는 뭔가를 어렴풋이 깨달았다. 그러니까 열사로 인정되었으나 합동추모 명단에 오르지 않은 경우도 있는 셈이었다.

최영희처럼 열사 호칭을 받지 못한 죽음도 있었고, 열사라고 불리지만 합동추모 대상에는 포함되지 않은 죽음도 있었다.

그뿐만이 아니었다. 죽음 자체가 알려지지 않은 사람들도 있었다. 그래도 최영희의 경우는 유서와 일기가 기록으로 남아 있으나, 아예 죽음이 기록되지 않은 사람들도 있을 듯했다. 훨씬 많을지도 모른다. 누구도 그 죽음에 관심을 갖지 않았고, 그래서 어떤 이유로 세상을 등졌는지도 알려지지 않았으며 이제는 기억할 방법조차 없는, 공동체에 흔적을 남기지 못한 사람들. 대학생 신분이 아니라면 더욱 그랬으리라는 걸 짐작할 수 있었다.

그날 하루, 나는 민주화운동 시기 죽음을 맞은 이들의 사연 속을 헤매 다녔다. 대학생들뿐 아니라 중고등학생들, 노동자들, 시민들이 있었다. 그들의 친구와 가족들의 이야기도 있었다. 가까운 이들의 죽음은 그들의 인생에 커다란 영향을 미쳤고, 그들은 각자의 방식대로 죽음 이후를 살아갔다.

나는 죽은 딸의 사주를 들고 점집을 전전한 어머니의 사연을 읽었다. 아무리 생각해도 딸이 죽었을 리가 없고 어디에선가 숨어서 살아가고 있다는 생각에 사주를 보러 다녔는데, 가는 곳마다 딸이 사주가 어쩜 이렇게 좋으냐고 장차 큰 인물이 될 것이며 장수할 거라 장담했다고 했다. 그 과정 끝에 어머니는 이윽고 딸의 죽음을 받아들였고 딸의 뒤를 이어 '데모'에 뛰어들었다. 그렇다면 어머니는 딸의 삶을 대신 살고 있는 걸까. 그게 아니면 어느 시점부터 딸의 삶이 어머니의 삶으로 흘러들었다고, 두 삶이 합해졌다고 말해야 하는 걸까.

그 많은 사연들은 헤아릴 수 없이 많은 점들이었다. 최영희 역시 그 점들 중 하나였다.

나는 고조되었던 긴장감이 점점 풀어지는 걸 느꼈다. 잠시나마 내 안을 팽팽하게 채웠던 흥분이 빠져나가고 그 자리로 왠지 모를 슬픔과 상실감이 차올랐다.

최영희 한명을 열사의 자리로 끌어올리는 것은, 그녀의 이름 세 글자를 세상에 알리는 것은, 그녀를 온전히 기념하는 일이 아니라는 생각이 들었다. 그렇다면 어떻게 해야 할까.

나는 힘없이 최영희의 일기를 화면에 띄웠다. 몇줄만 읽어도 가슴이 답답해지는 내용이었지만 한줄 한줄 다시 읽어나갔다. 나는 시대적인 평가가 어떻든 간에 나 자신의 눈으로 그녀의 죽음을 들여다보고 싶었다. 그녀가 서 있던 자리를 이해하고 싶었다. 내가 최영희를 알게 된 것은 작은 마주침, 어쩌면 마주침이라고도 할 수 없을 만한 우연에 불과했지만, 살면서 종종 최영희라는 인물을 떠올리게 될 거라는 예감이 들었기 때문이다. 그렇다면 조금이라도 시간을 내어 생각해보고 싶었다. 내게 그녀는 영원히 그렇게 기억될 테니까. 이유는 알 수 없지만 그건 나 자신에게도 중요한 일이라는 생각이 들었다.

삶의 마지막 시기, 최영희는 자신의 모든 생각과 행동을 말뿐인 위선이라고 느꼈다. '지독한 위선.' '비겁함.' 스스로를 얼마나 괴롭혔는지 글에서 피가 묻어나는 듯했다. 그녀는 들숨과 날숨에서도 자기 자신을 비난할 거리를 찾아냈다. 어떤 생각을 하는 자신이 있고, 그 모든 생각을 비난하는 자신이 있었다. 비겁함과 가장 거리가 먼 사람이 자신을 비겁하다고 욕하는 기이한 글.

무엇 때문인지 모르지만 일기를 읽으며 나는 그녀의 마음을 아주 가까이 느꼈다. 그녀가 쓴 문장 하나하나를, 그 생각의 흐름을 따라갈 수 있었다. 도무지 출구가 보이지 않는 터널 속에 갇힌 듯한 그 문장들을 읽으면서 나는 몹시 마음이 아팠다.

7

동료들을 만난 다음 주에는 국립중앙도서관 국제회의
장의 1분기 대관 신청이 있었다. 4~6월에 결혼식을 올리
고 싶은 커플이라면 이날 예약을 해야 했다. 최근 이곳의
인기는 상당히 높은 모양이었다. 다들 잔뜩 벼르고 오전
10시가 되길 기다린다고 했다.

나는 나름대로 만반의 준비를 갖추고 예약에 임했다.
그러나 인적사항과 예식 희망 날짜 등을 입력하고 '완료'
버튼을 눌렀을 때 화면에 나타난 '예약 마감'이라는 글자
를 보고 충격에 빠졌다. 경쟁률이 높다는 얘기를 들었지
만 이 정도일 줄이야. 당황스러웠다.

내가 낙심한 사이 정민은 재빨리 비슷한 공공기관 몇군 데를 찾아냈다. 그는 리스트를 만들어 내게 보여주었다. 그리고 지방 하객들이 오기에 그나마 위치가 적합한 곳에 참관 신청을 했다.

그러나 나의 실망감은 사라지지 않았다. 그날 오후 내 내 일이 손에 잡히지 않을 정도였다. 정민이 보낸 리스트 에 쓰인 장소들의 이름은 국립중앙도서관과는 전혀 다른 느낌을 주었다. 예약에 실패한 후에야 나는 깨달았다. 사 실상 국립중앙도서관이라는 장소만 믿고 결혼 준비에 손 을 놓고 있었다는 걸.

결혼식은 국립중앙도서관에서 할 거예요.

나는 지금껏 사람들에게 그렇게 말해왔다. 그렇게 말하 면 어쩐지 남들과는 달리, 자신만의 주관을 가지고 살아 가는 사람이 된 것만 같았다. 예식장의 수준이나 신랑 신 부의 직업 같은 세속적인 기준에서 단번에 멀어질 수 있 었다. 그 장소는 산뜻한 접시 같은 것이었다. 돈도 없고 직 장도 없는 내 처지를 그나마 근사하게 보이게끔 내놓을 수 있는.

그 접시가 사라진 지금, 거기 담을 내용물이 견딜 수 없을 만큼 초라하게 여겨졌다.

한편으로는 그런 나 자신이 한심했다. 나의 본심이 너무나 부끄러워 견딜 수가 없었다. 결국 좋은 웨딩홀의 비용을 치를 능력이 없어서 웨딩홀 자체를 거부한 건 아니었나. 그렇게 생각하자 스스로가 허영심으로 가득 찬 속물처럼 여겨졌다.

고통스럽지만 나는 현실을 직시했다. 그러면서 한편으로 생각했다. 현실은 직시하고 직시해도 끝이 없다고. 하나의 벽을 응시하고 겨우 그걸 받아들이면 얼마 안 가서 그 뒤에 또다른 벽이 나타난다.

그날 밤, 나는 인터넷 검색창에 '셀프웨딩'을 쳐넣었다. 정민이 전해준 리스트의 장소들을 하나하나 검색하고 그곳에서 식을 올린 사람들의 후기를 찾아 읽었다.

이후로 정민과 나는 몇몇 장소를 찾아가 예식을 참관했다. 최악의 결혼식이라 여겨질 만한 식도 있었고 눈물이 날 만큼 사랑스러운 결혼식도 있었다. 둘의 차이는 '얼마나 많은 준비를 했는가'였다. 구석구석 얼마나 정성을 들였는가.

실제로 참관해보니 그동안 내가 결혼식에 관한 많은 것들을 그저 상상만 해왔다는 걸 알 수 있었다. 특히 '셀프 웨딩'에 대해 아는 게 전혀 없었다는 걸 인정했다. 예식을 목적으로 만들어지지 않은 공간은 확실히 웨딩홀과는 분위기가 달랐다. 자칫하면 텅 빈 공간에서 썰렁한 식을 치르게 될 위험이 있었다.

우리가 본 눈물이 날 만큼 사랑스러운 결혼식은 부모님의 편지부터 친구들의 덕담 등 여러 코너로 알차게 채워졌다. 얼마나 많은 수고가 들어갔을지 짐작이 되지 않을 정도였다. 이들이 결혼식을 인생의 소중한 이벤트로 생각하고 즐겁게 준비했다는 걸 느낄 수 있었다. 결혼식을 그저 해치우고 싶어하는 나와는 애초에 마음가짐이 달랐다.

나는 보라의 말을 떠올렸다. 예식장 꾸밀 꽃 한송이까지 직접 주문하고 챙겨야 해. 사람들이 왜 남들 하는 대로 하는데. 개성이 없어서 그런 줄 알아? 그게 제일 편하고 손 안 가니까 그런 거야. 조금이라도 다르게 하려면 다 일이야.

보라의 말대로였다.

결국 내가 원하는 결혼식은 가장 손이 가지 않는, 신경을 쓰지 않아도 되는 예식이었다. 그건 바로 '틀에 박힌' 결혼식이었다.

*

남부여성인력개발원에서 열린 결혼식에 참관했을 때, 나는 오랜만에 공황증세를 경험했다. 예식이 끝나고 로비를 가로질러 나오는 동안 나와 정민은 아무 말도 하지 않았다. 정민의 얼굴이 하얗게 질려 있었던 것이 기억난다.

한참 걸어서 대로로 나간 다음 우리는 지하철역 근처 카페로 들어갔다. 그와 나는 테이블을 사이에 두고 한동안 말없이 앉아 있었다.

이윽고 정민이 어두운 얼굴로 물었다.

"결혼식장에서, 힘들었던 거 아냐? 다시 안 좋아진 건 아니겠지?"

"갑자기 긴장해서 그런 것 같아. 밖으로 나가고 싶었는데 그럴 수 있는 상황이 아니더라고."

정민은 내게서 눈길을 떼지 않은 채 고개를 끄덕였다. 정민 역시 의기소침해진 표정이었다.

"그럴 만해. 나도 숨이 막힐 뻔했다니까. 진짜야."

그가 입가에 어색한 미소를 지으며 말을 이었다.

"신부 아버지가 얘기할 때 말이야. 주례 없는 결혼식이라더니 주례보다 더 길게 말하던데. 신랑은 어디에서 일하고 신부는 국내 유수 대학에서 박사과정을 밟고 있다는 둥. 그럴 바에야 차라리 주례를 세우는 게 낫겠더라."

"그런 말도 했어? 난 중간부터는 듣지도 못했어."

내가 작게 웃음을 터뜨렸다. 정민의 얼굴이 조금 풀어졌다. 그는 한숨을 내쉬더니 혼잣말처럼 말했다.

"대체 왜 그렇게 하객이 없었을까. 무슨 사연이라도 있나 싶더라. 이 정도로 하객이 없는 결혼식은 처음 봐. 그래도 보통은 친척들이라도 있는데."

그러고 나서 그와 나는 조명에 대해 이야기를 주고받았던 것 같다. 예식을 목적으로 한 공간과 그러지 않은 곳의 가장 큰 차이점은 바로 조명이라는 말을 우리는 깨치고 있었다. 그게 바로 널찍한 홀과 광택이 나는 흰색 커버를 씌운 의자들에도 불구하고 분위기가 전혀 다른 이유였다. 조명들은 중앙의 길과 단상을 돋보이게 하는 대신 창백한 빛으로 공간 구석구석을 비추었고, 하객이 몇명이나 왔는지, 그들의 얼굴이 어떻게 생겼는지까지 확인할 수 있었다.

이윽고 내가 입을 열었다.

"우리가 결혼식을 너무 쉽게 생각하는 걸까."

정민은 아무 말 없이 나를 쳐다봤다. 나는 얼굴을 찌푸리며 천천히 말을 이었다.

"난 그저 해치우면 된다고 생각했거든. 최소한의 노력을 들여 해치우자, 하고 생각한 거지."

우리는 여전히 아무런 준비가 되어 있지 않았다. 그저 부모님께 짤막한 편지 낭독을 부탁해두었을 뿐이었다.

정민이 말했다.

"오늘 우리가 본 건 셀프웨딩 중에서도 안 좋은 케이스였을 거야. 잘 준비하면 되지."

"그 준비 말이야. 바로 그게 문제야."

우리는 한동안 서로를 바라보았다. 커다랗게 한숨이 나왔다. 내가 말했다.

"웨딩홀은 무지 비싸겠지?"

"예식장 말이야?"

나는 고개를 끄덕였다. 그러고는 말했다.

"우리가 가진 돈으로 가능할까?"

이번에는 정민이 한숨을 토해냈다.

"그래, 좀 생각해보자."

*

결국 원했던 장소를 예약하는 데 실패하면서 나의 결혼 준비는 본격적으로 시작된 셈이었다. 나는 '내 결혼식이라면 어떠어떠해야 한다'라는 막연한 기준을 내다 버리기로 마음먹었다. 그러나 그건 한겹의 감미로움마저 걷어내는 일이기도 했다.

나는 동기 보라에게 연락해 스몰웨딩에 대해 물어보았다. 보라는 '웨딩 익스프레스'라는 업체를 추천해주었다.

익스프레스라니. 내가 꿈꾸던 웨딩의 이미지와는 상당히 동떨어진 느낌을 풍기는 상호였지만, 거품을 빼고 원하는 예산에 맞춰 결혼식을 준비할 수 있게 도와주는 업체라는 소개에 이끌려 사이트에 가입했다.

　그 주 주말, 내친 김에 '웨딩 익스프레스'에서 주최하는 웨딩박람회를 찾아갔다. 장소는 강남의 한 빌딩이었다. 넓은 홀을 바글바글하게 채운 사람들을 보고 나와 정민은 입을 벌린 채 서로를 쳐다보았다.

　"신세계네."

　정민이 긴장한 얼굴로 말했다. 나도 고개를 끄덕였다.

　"다들 이런 데 모여서 결혼을 준비하는 거였구나."

　번호표를 받고 기다린 끝에 테이블로 안내되었다. 한 플래너가 우리를 맞아주었다. 우리는 그 자리에서 '스드메' 견적을 받고 비동행 플래너 서비스도 받기로 했다. 드레스숍 등을 방문할 때 동행하지는 않지만, 카카오톡으로 연락을 주고받으며 업체 선정을 도와주고 때에 맞춰 그다음 준비해야 할 것은 무엇인지 알려준다고 했다. 내게 가장 필요한 서비스였다.

"우리에게 플래너가 있어."

나는 정민을 보고 미소 지었다.

*

2월의 마지막 토요일, 우리는 플래너가 추천한 예식장을 예약했다. 위치, 가격대, 그밖에 우리가 선호하는 요소를 두루 고려해 플래너가 찾아낸 곳이었다. 규모가 작고 수수하게 꾸며져 있었지만 소박하고 단정하다는 느낌을 주어 마음에 들었다. 꿈꾸던 장소와는 다르지만 나쁘지 않았다. 나는 마침내 한시름 던 기분이었다.

예약을 마치고, 나와 정민은 다시 한번 예식홀을 둘러보았다. 나는 단상으로 이어진 높은 길을 걷다 문득 걸음을 멈추고 뒤를 돌아보았다. 결혼식 날, 이곳을 채울 하객들을 떠올렸다.

최고는 아니지만, 그 못지않게 좋다. 나는 생각했다. 손에 넣을 수도 있었을 더 나은 결혼식, 내가 꿈꾸던 완벽한 결혼식에 대한 한줄기 미련이 머릿속을 스쳤지만, 나는 고개를 흔들었다.

'세상에 올 굿은 없어요. 그리고 올 굿이어야 굿인 것도 아니고요.'

나는 상담사의 말을 떠올렸다. 그러자 마음이 편안해졌다. 올 굿은 없다. 올 굿이 아니어도 굿일 수 있다. 나는 되뇌었다. 올 굿이 아닐지라도 지금 가진 것들로 삶을 꾸려나간다. 계속해서 앞을 보고 살아간다. 지나친 심각함으로부터 스스로를 보호하면서, 안간힘을 쏟지 않도록 주의하면서, 끊임없이 기대치를 낮추고 조정하면서.

텅 빈 예식홀을 둘러보면서 나는 미소 지었다.

마침내 결혼할 준비가 되었다는 생각이 들었다.

*

희성교대 전시회 일은 내게 특별했다. 특별하다는 걸 나는 알 수 있었다. 나는 결국 못 이기는 척, 그 특별함을 존중하기로 했다.

나는 참고가 될까 싶어 북촌에 있는 서울교육박물관에

도 가보았다. 박물관은 집에서 그리 멀지 않았다. 종종 와 본 적 있는 동네였다. 사람들이 오가는 길보다 조금 높은 곳에 위치한 그 건물 앞을 지나며 호기심을 품었던 적도 있었으나 관람은 처음이었다.

오전 10시가 조금 못 되어 나는 박물관으로 들어갔다. 입구를 지키고 있던 중년 남성이 전시 관람을 왔느냐고 묻고 안으로 들여보내주었다.

상설전시실은 왼쪽부터 시작해 한바퀴를 빙 도는 동선 이었다. 우리나라 교육의 변천사를 담아낸 공간이라는 설 명대로 삼국시대부터 고려, 조선, 일제강점기의 교육제도 와 당시의 교육사상, 주요 사건들이 연대순으로 배열되어 있었다.

전시실의 규모는 크지 않고 오히려 단출하게 느껴졌지 만 그 안에 엄숙함이 감돌았다. 외부와 차단된 고요한 공 간을 액자들과 유리 진열장이 가득 채우고 있었다. 이곳 에는 지금 우리를 만들어낸 생각들, 그리고 그 생각과 결 부된 물건들이 전시되어 있었다. 액자에 걸리고 유리로 덮여 기억될 만하다고 검증받은 것들이었다. 시간으로부터. 그리고 일군의 사람들로부터.

관람을 시작하기 위해 발을 떼어놓는데, 왠지 위축이 되었다. 전시실 안의 공기가 나를 배척하고 밀어내는 느낌이었다. 여기저기 걸린 과거의 인물들이 나를 향해 이렇게 말하는 듯했다. '이곳은 교육에 몸 바친 사람들을 위한 장소야. 넌 교육자도 아니고, 교육에 대해 관심을 가진 적도 없잖아. 네가 뭘 알겠어? 슬쩍 살펴보고 이러쿵저러쿵 논평을 늘어놓을 관광객일 뿐이야.'

다른 때 같으면 머릿속에 떠오르는 온갖 논리로 반론을 펴며 내가 이곳에 있는 이유를 정당화하려 했겠지만 왠지 그럴 마음이 들지 않았다. 앞으로 내내 이런 소외감을 느끼게 될 거라는 생각이 들었기 때문이다. 익숙해질 무렵이면 일은 끝이 나고, 새로운 클라이언트와 새로운 프로젝트를 시작한다. 그 또한 일시적인 소속, 소속이라기보다는 악수와 같은 짧은 접촉에 불과하지만 말이다.

이런 기분, 지속되지 않는 위치야말로 프리랜서의 숙명일지도 모른다는 생각이 들었다. 나는 스쳐가는 사람이고 잊힐 사람이었다……

그러나 좋은 점도 있다고, 나는 생각했다. 몇발짝 거리를 두고 떨어져서 볼 수 있으니까. 마치 진열장을 들여다보는 관람객처럼 말이다.

나는 다시 걸음을 옮겨 관람을 시작했다. 삼국시대의 교육을 다룬 박스 하단에 임신서기석의 복제품이 놓여 있었다. 신라의 두 젊은 화랑이 나눈 맹세가 새겨진 비석으로, 보물 제1411호라는 설명이 쓰여 있었다.

'임신년 6월 16일에 두 사람이 함께 맹세하여 기록한다. 하느님 앞에 맹세한다. 지금으로부터 3년 이후에 충도를 지키고 허물이 없기를 맹세한다. 만일 이 서약을 어기면 하느님께 큰 죄를 짓는 것이라고 맹세한다……'

나는 글귀를 읽으며 빙그레 미소 지었다. 젊은이들은 결심하고 맹세한다. 1500년 전에도. 젊은이들은 결심하고 함께 맹세했다. 물거품이 될지라도. 이후에 그 결심이 실은 대단치 않은 것으로 여겨질지라도. 혹은 그 결심이 목숨을 잃게 만들지라도.

그중 어떤 맹세는 이처럼 살아남아 후세에 전해진다. 이들이 누구인지 알 수 없지만 그들의 결심만은 여기 순정하게 남아 사람들의 마음을 계속해서 두드리는 것이다.

예전의 나라면 자극을 받아 나도 뭔가 맹세를 하리라 의지를 불태웠을 거라는 생각이 들었다. 그러나 이제는 아니었다. 대신 552년 혹은 612년의 것으로 추정되는 맹세를 바라보는 내 마음에는 맑은 서글픔이 차올랐다. 이곳을 찾는 사람들의 감정도 크게 다르지 않을 거라는 생각이 들었다. 왜 그럴까. 이런 맹세는 인생의 어느 시기에만 가능한 것이라서가 아닐까. 비석에 글자를 새기던 젊은 화랑들은 모르지만, 성인이 된 우리는 그뒤에 따를 어려운 시간을 짐작한다. 그들이 좌절을 맛볼 수밖에 없다는 걸 안다. 제아무리 발버둥 쳐도 이런 종류의 맹세 앞에 한 점 부끄럼이 없을 수는 없으므로.

이 화랑들은 어떻게 되었을까. 이처럼 타협 없는 마음은 꺾이고 피 흘릴 수밖에 없을 텐데. 자기 자신에게 실망하게 되었을까. 아니면 맹세를 내던지게 되었을까.

나는 그곳에 서서 최영희를 떠올렸다. 최영희야말로 세상과 자기 자신에게 많은 것을 기대했던 사람이 아니었을까, 하는 생각이 들었다.

나는 마지막 순간까지 그녀가 자기 자신을 그토록 비난했다는 점이 마음 아팠다.

천천히 걸음을 옮겨 삼국시대를 지났다. 고려와 조선을 훑어보았다. 몇가지 눈길을 붙잡는 인물과 사건들이 있었지만 간단한 설명만 붙어 있어 아쉬웠다. 예전에 이곳에 왔다면 아쉬움 없이, 즐거움과 심지어 감동마저 느끼며 전시를 둘러봤을 터였다. 그러나 이제 내겐 전시품의 나열만으로는 부족했다. 희성교육대학의 사람들 덕분에 갖게 된 시각이었다. 비록 일상적으로 관찰하고 배울 수 있는 동료는 없지만, 프리랜서는 이처럼 만나는 모든 사람들로부터 가르침을 얻을 수 있다는 생각이 들었다.

*

완성된 글은 A4 10매 분량이었다. 나는 '학내 민주화운동'의 한 단락을 최영희에게 할애했다.

독재정권의 폭압과 비민주적인 학내 현실에 대한 절망이 최영희 학형을 죽음에 이르게 했다. 그 바탕에는 예비

교육자로서 괴로워하던 양심이 있었으며, 아이들을 가르치는 일을 더없이 진지하게 여긴 사명감이 있었다. 최영희 학형의 죽음은 열사들과 함께 그 시대를 호흡했던 이름 모르는 많은 이들의 삶과 고뇌를 기억하게 만든다고 썼다.

이는 내가 모든 역량을 동원해서 찾아낸 '야마'였다.

나는 그녀의 후배들이, 그녀의 동문들이 그녀를 기억했으면 했다. 20대 초반의 그녀가 속해 있던, 사랑해 마지않았던 공동체의 사람들 안에 그녀의 자리를 만들어주고 싶었다. 주제넘은 말처럼 들릴지 모르지만 그녀를 위해 내가 그 일을 해줄 수 있기를 바랐다.

작업물을 보내고 나서 허재원 교수에게 고맙다는 메일을 받았다. 그는 내가 쓴 글이 마음에 든다면서, 행사는 일반인에게도 오픈될 예정이니 꼭 한번 찾아오라고 말했다.

답장을 보내면서 생각했다. 내가 얼마나 열심히 작업했는지 이 사람들은 모르겠지, 하고.

두번 다시 이런 일은 없을 거라고 나는 생각했다.

*

    오프닝 날, 혼자서 열차를 타고 전시를 보러 갔다. 허재원 교수에게 연락할까 망설였지만 그러지 않았다. 혼자만의 은밀함 속에서 전시를 둘러보고 싶었던 것 같다.

    봄날의 희성교육대학은 여전히 조용했지만 무성한 나뭇잎과 꽃들로 가득해 한결 화사하고 부드러운 분위기를 풍겼다. 나는 몇달 전 겨울의 풍경을 떠올리며 캠퍼스를 걸었다.

    이윽고 멀리 박물관이 보였다. 잔디밭에 사람들이 서서 이야기를 나누고 있었다. 나는 관람객들을 따라 안으로 들어갔다. 전시실 안은 옷을 차려입은 나이 든 사람들로 붐볐고 드문드문 재학생으로 보이는 앳된 얼굴들도 섞여 있었다. 트렌치코트와 스카프 차림을 한 사람들이 진열장을 가리키며 작은 소리로 이야기를 주고받았다. "저것 좀 봐." "기억나?" "기억나지!" 그들은 작게 웃음을 터뜨렸고 다시 진지한 표정으로 전시에 집중했다.

    나는 사람들 틈에 섞여 천천히 전시를 관람했다. 어디

에도 내 이름은 쓰여 있지 않았지만, 상관없었다. 이 작업이 오랫동안 나의 자부가 되리라는 걸 알 수 있었으니까.

관람을 마치고 박물관을 나와 따뜻한 바람이 부는 캠퍼스를 걸었다. 새장 모양의 아케이드 속으로 발을 내딛기 전, 나는 잠시 뒤를 돌아보았다. 그리고 스스로에게 말했다.

잘했어.

아케이드를 빠져나오자 멀리 운동장이 보였다. 그 길목을 지나 정문으로 향하며 나는 미소를 지었다.

　나는 주변 친구들에 비해 조금 일찍 사회생활을 시작했다. 졸업을 앞두고 회사에 들어갔고, 3년가량 일하다가 퇴사했다. 다시 회사원이 되지 않겠다고 결심한 건 아니었지만 어쩌다보니 그 이후로 지금까지 프리랜서라는 고용형태로 일하고 있다. 특히 전업작가가 되기 전 몇년간은 여러 일감을 찾아다니며 생활비를 벌었다. 그 시기의 경험과 감정들이 이 소설을 쓰는 데 영감이 되었다.

후반부를 구상하게 된 것은 6월 민주항쟁 전후 시기 전국의 대학생 열사들에 대해 알게 되면서부터다. 특히 여성 열사들에 대해 알게 되면서 '최영희'라는 허구의 인물이 내 안에서 점점 또렷하게 형상을 갖춰가기 시작했다. 공동체에 작은 흔적을 남겼으나 온당하게 기억되지 못한 인물. 자신의 일을 누구보다 진지하게 여겼던 사람. 최영희라는 인물은 철저히 창작된 인물이다. 유서나 추모의 글, 죽음을 둘러싼 정황도 마찬가지다. 그럼에도 당시 누구보다 시대를 민감하게 느끼고 아파했던 이들의 삶과 고민이 있었기에 그들과 같은 공기를 호흡하며 고뇌한 한 인물을 떠올릴 수 있었다는 점은 밝혀두고 싶다.

이전에 발표한 단편을 경장편 분량으로 개작하고 수정하는 동안 많은 분들이 도움을 주었다. 원고를 읽고 조언을 해준 여러 분들께 깊이 감사드린다. 의견을 들으면서 이야기 안에 존재하는 줄도 몰랐던 여러 일면을 발견할 수 있었고, 그것들을 붙잡아 발전시키는 과정에서 소설이 더 좋은 이야기로 나아간다는 걸 실감할 수 있었다. 원고를 다듬어 내놓는 과정을 함께해준 편집부 박지영 선생님께도 감사드린다.

　이 소설에서 '프리랜서'란 하나의 삶의 방식인 것 같다. 한 사람이 자기 자신, 그리고 세상과 관계 맺는 방식. 나는 하얀이 새로운 삶의 방식 속으로 뚜벅뚜벅 걸어가는 이야기를 쓰고 싶었다. 동시에 그것이 과거 자신이 택한 방식을 부정하거나 평가절하하는 식이 아니었으면 했다. 프리랜서의 삶을 택했다고 해서 회사원들의 삶을 부정할 필요는 없는 것처럼. 나의 일부로 포함할 수는 없다 해도, 여전히 우리는 어떤 삶의 방식들 앞에 경의를 표할 수 있다. 이야기 속에서 하얀이 좀더 편안하고 단단해진 것 같아 마음이 좋다.

　작가로 데뷔한 지 올해로 8년 차다. 이번 책을 묶으면서 그간 독자분들에게 받은 메시지들을 떠올렸다. 특히 몇몇 독자들이 보내준 감상이 머릿속을 떠나지 않았다. '나만 이런 게 아니구나' '다른 사람들도 비슷한 경험들을 하면서 하루하루 갈팡질팡 사는구나'라는 걸 알게 되어 위로를 받았다는 메시지였다. 요즘 나는 소설이 할 수 있는 일이란 그게 전부가 아닐까 하는 생각이 든다. 그건 사소해 보이지만, 소설이 할 수 있는 아주 중요한 일인 것 같다. 그런 위로를 전하는 글을 쓰고 싶고, 계속 그 길을 걸어갈 용기를 내고 싶다.

이제 『프리랜서의 자부심』을 세상 속으로 떠나보낸다. 부디 이 작은 책이 어떤 분들의 마음에 가닿기를 바란다. 특히 하루하루 묵묵히 자신의 자리를 지키는 이들에게, 스스로를 달래고 격려하며 작은 자부심을 품고 일하는 모든 분들에게 이 소설이 응원이 되면 좋겠다.

2022년 8월

김세희

* 이 소설을 쓰기 위해 김기선의『저는 열네 살 선영이에요』(삶이보이는 창 2001), 김홍중의『마음의 사회학』(문학동네 2009), 도란의『프리랜 서지만 잘 먹고 잘 삽니다』(원앤원북스 2020), 박권일의『한국의 능력 주의』(이데아 2021), 임미리의『열사, 분노와 슬픔의 정치학』(오월의봄 2017), 천정환의『숭배 애도 적대』(서해문집 2021), 시사IN 기사(조일 호「'재야의 장의사'로 보낸 서른 해」, 2016), 레디앙 기사(임미리「'지잡 대'여 일어나라」, 2016), 서울교육대학교 개교 70주년 기념 특별전「살 아 있는 역사─스승의 마을 70년 이야기」(2016.9.6.~2017.1.26.)를 참고했다.

프리랜서의 자부심

초판 1쇄 발행/2022년 9월 15일

지은이/김세희
펴낸이/강일우
책임편집/박지영
조판/박아경
펴낸곳/(주)창비
등록/1986년 8월 5일 제85호
주소/10881 경기도 파주시 회동길 184
전화/031-955-3333
팩시밀리/영업 031-955-3399 편집 031-955-3400
홈페이지/www.changbi.com
전자우편/lit@changbi.com

ⓒ 김세희 2022
ISBN 978-89-364-3884-5 03810

＊ 이 책 내용의 전부 또는 일부를 재사용하려면
　 반드시 저작권자와 창비 양측의 동의를 받아야 합니다.
＊ 책값은 뒤표지에 표시되어 있습니다.